小学館文庫

脱藩さむらい

抜け文

金子成人

小学館

目次

脱藩さむらい　抜け文

第一話　包丁稼業

一

日は既に沈んでいたが、神田川《かんだがわ》一帯にはまだ明るみがあった。

暮れ六つ（午後六時頃）の鐘を聞いてから、ほんの寸刻が経《た》った時分である。

佐久間河岸《さくまがし》や、対岸の柳原《やなぎわら》土手の通りを、お店者《たなもの》や道具箱を担いだ大工などの職人や、担ぎ商いの連中が忙しく行き交っている。

外に仕事に出た老若男女が、家路に就く頃《ころ》おいだった。

秋になって半月が経つが、まだ秋の風を肌に感じた日はなかった。

川岸に植えられた柳の葉を揺らす風に温かみがあった。

夏の名残《なごり》の熱気が、まだ去りがたく、江戸の空に漂っているのかもしれない。

香坂又十郎《こうさかまたじゆうろう》は、同じ長屋の住人、船頭の喜平次《きへいじ》と飛脚の富五郎《とみごろう》と連れだって神田《かんだ》八軒町《はちけんちょう》の『源七店《げんしちだな》』を出ると、居酒屋『善き屋《よや》』を目指した。

『善き屋』は、神田川に架かる和泉橋《いずみばし》の北詰からすぐの、佐久間町二丁目の角にある。

提灯《ちょうちん》も軒行灯《のきあんどん》も掛かっておらず、そこが居酒屋なのかどうか分かりにくい。くすんだ障子戸《しょうじど》に書かれた『善き屋』の文字で、商売をしているくらいはなんとなく分かるというような店構えだった。

又十郎はこの日、だらだらと時を過ごして、夕餉《ゆうげ》の支度をし忘れていた。

「それじゃ、その辺で飲み食いしようじゃありませんか」

仕事を終えて帰って来た喜平次から誘われると、すぐに応じた。

長屋の路地で交わす二人の声が届いたらしく、

「わたしもぜひ仲間に加えてもらいます」

又十郎の隣りに住む飛脚の富五郎が家から出て来て、三人連れだって『善き屋』に向かうことになったのだ。

「いらっしゃい」

開けっ放しの戸口から暖簾《のれん》を割って『善き屋』の中に入ると、器や徳利《とっくり》の載ったお盆を手にしていたお由《よし》から、張りのある声が飛んで来た。

お由も『源七店』の住人で、昼の針売りを終えると、夜は『善き屋』でお運び女として働いている。

「どこか空いてるところに」

お由はそう言うと、空いた器を土間の奥の板場に運んで行った。

又十郎たちは土間を上がると、すでに飲み食いをしている、法被《はっぴ》や半纏《はんてん》を着込んだ職人たちの間を縫って、空いた板張りに腰を下ろした。

「なんにしましょう」

お由が、又十郎たちの傍《かたわら》に注文を聞きにやって来た。

「二合徳利を二本。あと、食い物は、お由さんに任せるというのはどうだい」

喜平次の申し出に、又十郎も富五郎も頷《うなず》いた。

「少しお待ちを」

笑みを残して、お由はその場を離れた。

板張りで一人黙々と飲んでいる老職人もいれば、車座になって賑《にぎ》やかに飲み食いをする連中もいる。

又十郎たちが座っている近くの男たちが、敵討《かたきう》ちの話で熱くなっていた。

「そうそう、今日の昼間、神田の護持院《ごじいん》ヶ原《はら》で、敵討ちがあったんですよ」

富五郎が、又十郎と喜平次に顔を近づけると、そう口を開いた。

「へえ。今時、敵討ちたぁ珍しいね」

喜平次が、感心したように首を捻《ひね》った。

喜平次がいうように、昔の出来事として耳にしたことはあるが、敵討ちが身近で起きたという記憶はなかった。

「聞いたところによれば、父親を殺された娘が、一年半経った今日、江戸で仇《かたき》を見つけて本懐を遂げたらしいんだ」

富五郎が働く日本橋《にほんばし》の飛脚屋は、武家屋敷や大店《おおだな》とも取引があり、町人が知り得ないような出来事にも明るい。

播州《ばんしゅう》姫路藩《ひめじはん》、江戸上屋敷の中間《ちゅうげん》が、遊ぶ金欲しさに、江戸詰めの藩士、山本某《やまもとなにがし》を殺して逃走したのが、一年半前の天保《てんぽう》五年（一八三四）の年明けのことだったという。

父親の敵を討つために、姫路の家を出た娘と叔父が、長旅の末にやっと辿《たど》り着いた江戸で中間を見つけたのが、天保六年七月十三日の今日であった。

娘と叔父は、中間が向かった護持院ヶ原まで後をつけ、そこで本懐を遂げたのである。

「今日の今日だから、大方の者はしらないだろうが、いずれ芝居になったり、講釈師が高座にあげたりすれば、おそらく巷《ちまた》では大評判となるでしょうな」

　富五郎は見当を口にした。

「お待たせしました」

　折よく、お由が酒と料理を運んで来た。

　お盆の物を床に置くとすぐ、客の呼びかけに応じたお由は早々に腰を上げて行った。

　最初だけ富五郎の酌を受けて、三人は盃《さかずき》を口に運び、料理に箸《はし》を伸ばした。

「しかし、香坂さんが夕餉の支度を忘れるなんてことがあるんだねぇ」

　盃を二、三度口に運んだところで、喜平次が切り出した。

「え、そうだったんで？」

　富五郎が、目を丸くして又十郎を見た。

「そんなことがあったから、ここで食おうということになったんですよ」

　喜平次の説明に、

「香坂さんにも、そういううっかりがあるんですねぇ」

　富五郎は、楽し気に目尻《めじり》を下げた。

　又十郎は、この何日か、ふと気が抜けるような感じがしていた。

　その訳に思い当たる節がある。

　浜岡《はまおか》の廻船《かいせん》問屋『丸屋《まるや》』の船に乗り込んで、江戸を抜け出す算段がついていたのだが、当日の朝、浜岡藩江戸屋敷の横目頭《よこめがしら》、伊庭精吾《いばせいご》の配下の者によって、すんでのところで阻まれたのが、七月六日のことだった。

それ以来、思わずため息をつく己に、又十郎は気付いていた。

「そうそう、『伊和井《いわい》』の女将《おかみ》さんから、またしても催促されてしまいましたよ。香坂さんに、是非とも『伊和井』の板場で働いてくれるよう、喜平次さんからも口説いておくれよって」

喜平次が口にした『伊和井』は、神田川の河口近くにある船宿である。

女将のお勢《せい》から、板場で働いてくれと何度か誘いを受けたのだが、その都度断っていた。

「どう返事をしましょうね、香坂さん」

「わたしのは、所詮《しょせん》、素人《しろうと》の包丁遊びだよ。客に出せるような物を作れるわけがない」

「そうかねぇ」

喜平次は不満げに首を捻った。

「『伊和井』の女将さんには、よろしく伝えておいてもらいたい」

又十郎は、喜平次にそう託した。

湯島《ゆしま》の坂道が、朝日に輝いている。

だらだらと上る坂道を本郷《ほんごう》の方へ向かう又十郎は、照り返しをまともに顔に浴びて、かなり眩《まぶ》しい。

菅笠《すげがさ》を被《かぶ》って来なかったのが悔やまれた。

喜平次や富五郎と連れ立って、居酒屋『善き屋』で飲み食いをした翌朝である。

飛脚の富五郎が、小間物屋の台所女中をしている娘のおきよとともに『源七店』を出て行った物音を、布団の中で聞いていた。

又十郎が起き出したのは、斜め向かいの住人、喜平次が路地のどぶ板を踏んで出かけたすぐ後である。

手拭《てぬぐ》いを手にして井戸端に出た又十郎が、釣瓶《つるべ》の水を桶《おけ》に汲《く》んでいる時、

「おはよう」

針売りの装《な》りをしたお由が、木戸を出て行った。

歯磨きと洗顔を終えた又十郎が、家に戻って朝餉の支度をしていると、

「おはようございます」

蠟燭屋《ろうそくや》『東華堂《とうかどう》』の手代、和助《わすけ》が戸口に立った。

六つ（六時頃）の鐘が鳴ってから、ほんの少し経った時分だった。

「昨夜、嶋尾《しまお》様から知らせがありまして、香坂様には、今日の四つ（十時頃）に、玉《ぎょく》

蓮院《れんいん》においで下さるようにとのことでございました」

和助が口にした嶋尾様というのは、浜岡藩江戸屋敷の目付《めつけ》、嶋尾久作《きゆうさく》のことである。

江戸の浜岡藩士の行状に目を配り、犯罪や謀反《むほん》を未然に防ぐという役目柄、隠密《おんみつ》行動をする横目を支配下に置いていた。

嶋尾に呼び出されて会う場所は、大方、本郷の玉蓮院だった。

ゆっくりと朝餉を摂《と》った又十郎は、その後、下帯や手拭いの洗濯を済ませてから『源七店』を出たのである。

嶋尾に指示された四つまでは、半刻《はんとき》（約一時間）も余裕があった。

玉蓮院は、加賀前田《かがまえだ》家上屋敷、水戸《みと》中納言家の中屋敷などが建ち並ぶ、本郷通の東側、駒込片町《こまごめかたまち》と駒込千駄木町《せんだぎちよう》の中間の坂の町にある。

坂の町を下り、小路を三度曲がって、玉蓮院の小ぶりな門を潜《くぐ》ったところで、四つを知らせる上野《うえの》東叡山《とうえいざん》の時の鐘が聞こえた。

庫裏《くり》の戸口に立った又十郎が声を上げると、

「嶋尾様はまだお見えではありませんが、離れでお待ちください」

顔馴染《かおなじ》みになった若い僧が出て来て、先に立った。

又十郎を離れに案内すると、若い僧はすぐに引き返した。

離れは六畳ほどの広さの部屋で、その三方の障子はすべて閉められていたが、東側の障子では葉洩《はも》れ日が揺れている。

葉洩れ日の揺れる障子を開けて、又十郎は庭に面した縁に出た。

庭には枝を広げた高木もあって、日射《ひざ》しが顔を突き刺すことはない。

高木を見上げた又十郎の口から、ふうと、思わず吐息が洩《も》れた。

八日前、浜岡へ向かう廻船問屋『丸屋』の船に乗り込んで江戸を離れようと目論《もくろ》んだ又十郎は、小船に乗り込む寸前、横目の団平《だんぺい》と亥太郎《いたろう》に阻まれて、嶋尾の待つ玉蓮院に連れられてきたのだった。

「国元の妻女に、江戸に居ると知らせたか」

その時、嶋尾が抑揚のない声を又十郎に向けたのだ。

浜岡にいる妻の万寿栄《ますえ》が、妙な動きをしているという知らせが、国元の組目付から届いたのだと告げられた。

十日ほど前、弟数馬《かずま》の幼馴染《おさななじみ》である藩の祐筆《ゆうひつ》、山中小市郎《やまなかこいちろう》を頻繁に訪ねた直後、今度は小市郎が、親戚筋《しんせきすじ》に当たる家老の馬淵平太夫《まぶちへいだゆう》の屋敷を訪れたのを、国の組目付が確認したということだった。

その馬淵平太夫から、江戸家老、大谷庄兵衛《おおたにしょうべえ》宛《あて》に文が届いたのが昨日だと、嶋尾は打ち明けた。

又十郎が江戸にいるという噂《うわさ》を耳にした馬淵家老が、江戸屋敷にその真偽を確かめるべく送った文だった。

「無能との噂のある永久家老の馬淵様とはいえ、国家老という重き立場のお人に妙な動きをされては、藩内に軋《きし》みが生じ、公儀に付け込まれる隙《すき》をみせることにもなる。そこで、江戸家老の大谷様、真壁《まかべ》様と協議の末、香坂又十郎は、藩主直々の密命を受けて江戸で働いていると、返事をした」

その時、嶋尾は浮かない顔をしていた。

そして、国元の万寿栄の一連の動きからして、又十郎が江戸にいることを知ったとしか考えられないと口にして、

「心当たりはあるか」

と、又十郎は、嶋尾に見据えられた。

「送り主の名は伏せ、小間物屋から妻あてに櫛《くし》を送らせました」

又十郎はありのままを答えた。

その櫛には蜜柑《みかん》の花の絵柄が施されており、未年《ひつじどし》を表す判じ物になっていた。

昨年の正月、浜岡の白神《しらかみ》神社に初詣《はつもうで》をした時、その年の干支《えと》に因《ちな》んで午《うま》の絵柄の櫛を万寿栄のために買い求めていた。

蜜柑の花の絵柄の櫛を送り、又十郎が送ったものだと万寿栄に察してもらいたかったのだが、その願いは叶《かな》っていたようだ。

玉蓮院の縁に出ていた又十郎が、六畳の部屋に戻って四半刻《しはんとき》（約三十分）近く経つが、嶋尾はまだ現れない。

開け放した障子の傍に膝《ひざ》を進めた又十郎は、懐から一通の書状を取り出した。

宛先は、浜岡にいる万寿栄である。

八日前、嶋尾から国元の異変を聞かされた時、江戸に又十郎がいると知れたからには、妻との文のやり取りを許すと告げられていた。

だが、万寿栄からの文も又十郎が差し出す文も、嶋尾の眼《め》を通す決まりになっていた。三日前、やっとの思いで認《したた》めた万寿栄への文を嶋尾に見せると、幾つかの文章の削除や訂正を指示された。

江戸の住まいが分かるような町名、橋や川の名は悉《ことごと》く消すように命じられ、時候の挨拶と元気だという、差し障りなく、味気のない文言に書き直させられたものを持参したのだった。

離れと庫裏を繋《つな》ぐ渡り廊下から、荒々しい足音が届いたのは、玉蓮院に着いてから半刻が過ぎた頃おいだった。

「出がけにいろいろと重なって遅くなった」

部屋に入るなり、忌々《いまいま》しげに吐き出した嶋尾は、又十郎の向かいで胡坐《あぐら》をかいた。

「文は書き直したのか」

「は」

小さく返事をして、又十郎は懐の書状を嶋尾に差し出した。

受け取った嶋尾は、表書きを外して、文に眼を通しはじめた。

「よかろう」

黙々と読み終えた嶋尾が、顔を上げてそう呟《つぶや》くと書状を表書きに包んだ。

「嶋尾様」

寺の者の声がすると、

「構わぬ」

渡り廊下側の障子の外に、嶋尾が声を発した。

外から開けられた障子の外に、又十郎を案内した若い僧が膝を揃《そろ》えていた。

「船奉行《ふなぶぎょう》、政岡佐治右衛門《まさおかさじえもん》様のお使いが参られ、急ぎ江戸屋敷にお戻りくださいとのことでございます」

「分かった」

嶋尾が即答すると、若い僧は立ち去った。

「この後の過ごし方について、そなたの存念があれば聞こうとも思っていたが、ゆるりとは出来ぬようだ」

「は」

又十郎は、立ち上がった嶋尾に手を突いた。

「預かった文は、今日か明日、国元への飛脚便に預けることになる」

「よろしくお願い申し上げます」

又十郎がさらに頭を下げたとき、

「そうそう」

と、行きかけた嶋尾が、背を向けたまま足を止めた。

「兵藤《ひょうどう》数馬を手に掛けたことを、ご妻女に打ち明けているのか」

「いいえ」

「その方がよいな」

嶋尾はそう言って、離れを出て行った。

突いていた手をゆっくりと上げた又十郎の眼に、渡り廊下を渡り終えた嶋尾の後ろ姿が見えた。

嶋尾ほどの人物なら、妻である万寿栄の実弟を斬《き》ったことなど、口が裂けても言えないことぐらい承知のはずではないか。

にも拘《かか》わらずわざわざ口にしたのは、又十郎がもし、嶋尾の意に反する真似をしたなら、義弟殺しを妻に知らせるぞという陰湿な脅しのようにも受け取れる。

嶋尾がわざわざ玉蓮院に呼出した本当の狙いは、又十郎に釘を刺すためだったのかも知れない。

しかし、嶋尾に託した文に十分な思いは記せなかったものの、浜岡に届くこと、万寿栄との間に思いの通う道が出来ることは、ささやかな喜びではあった。

又十郎は、安堵《あんど》したように小さく息を吐いて、腰を上げた。

二

玉蓮院を後にした又十郎は、神田八軒町の『源七店』には戻らず、神田川に架かる筋違橋《すじかいばし》を渡って、日本橋の方へ足を向けた。

ひたすら南に向かって歩き、尾張町《おわりちょう》一丁目の四つ辻《つじ》を左に折れた。

三十間堀《さんじっけんぼり》に架かる三原橋《みはらばし》を渡り、築地川《つきじがわ》に架かる万年橋《まんねんばし》を渡った先が木挽町《こびきちょう》築地である。

本願寺《ほんがんじ》の大屋根を左手に見ながら築地川に沿って進むと江戸湾が見えて来る。

又十郎が目指したのは、築地川の河口近くにある波除稲荷《なみよけいなり》だ。

そこは、十五になる太吉《たきち》を中心に、五人の孤児《みなしご》が塒《ねぐら》にしている場所である。

五月の初旬に知り合った当初、孤児たちはかっぱらいなどで食いつないでいる、いわば無法の輩《やから》だった。

国元で同心を務めていた又十郎は見過ごせず、働いて稼ぐように諭《さと》し、そのひとつの手として釣りを教えた。

その結果、五人の少年たちは、魚介を獲《と》って金に換えるという商いに勤《いそ》しむようになり、今では、金を貯めるまでに成長している。

「あ、香坂のおじさんだ」

箒《ほうき》を手に境内《けいだい》を掃《は》いていた平助《へいすけ》が、鳥居を潜った又十郎に笑みを向けた。

十になる平助は、五人の中で一番年下だった。

「一人か」

「うん、浅蜊《あさり》や蜆《しじみ》売りに行ってる徳次《とくじ》たちも、お梶《かじ》さんのところに手伝いに行ってる太吉さんたちも、もうすぐ戻って来る時分だよ」

そういうと、平助は集めた落ち葉や塵《ごみ》を塵取りに取った。

お梶は、同じ築地の南小田原町《みなみおだわらちょう》に住む漁師の女房である。

「みんな、働いているんだなぁ」

又十郎が、しみじみと呟いた時、

「ほら」

平助が、祠《ほこら》の中から持ち出した一尺ほどの孟宗竹《もうそうちく》の竹筒を、又十郎に突き出した。

受け取ると、じゃらりと銭金のぶつかる音がした。

少年たちが、働いた手間賃から少しずつ差し引いて貯めている銭の音である。

初手は青かった竹の皮も、今では枯れた色に変わっている。

みんなで働いて金を貯めたら、手習いや算盤《そろばん》を学びたいのだと、頭分の太吉は言った。あわよくば、みんなで住める家も借りたいとも口にしていた。

その時分、先のことなどどうなるか見えなかった又十郎にとって、夢を語る太吉の目の輝きが、やけに眩しかったのを覚えている。


築地川に架かる本願寺橋《ほんがんじばし》に差し掛かったあたりで、鐘の音を聞いた。

恐らく、九つ（正午頃）を知らせる増上寺《ぞうじょうじ》の時の鐘だろう。

橋に向かっていた又十郎は、ふと足を止めた。

本願寺の境内に入って昼餉を摂ろうかと思って波除稲荷をあとにしたのだが、朝餉をちゃんと取って家を出たせいか、さほど腹は空いていない。

橋を渡るのをやめた又十郎は、川沿いの小田原河岸《おだわらがし》を北の方へと向かった。

太吉たちはお梶さんのところへ手伝いに行ってる——先刻聞いた平助の言葉を思い出して、久しぶりにお梶の顔を見ようかと思い立ったのである。

南小田原町一丁目と二丁目の四つ辻近くの河岸で、物干し竿《ざお》に漁網を掛けている男たちの姿が見えた。

漁で使った網を乾かしているのだ。

浜岡、豊浦《とようら》の漁師の勘吉《かんきち》も、漁から戻るとすぐ石垣などに網を広げて干していたのを何年も前から見ていた。

又十郎が築地の河岸に足繁《あししげ》く通うのは、故国の懐かしい光景に出会えるせいかもしれない。

「こりゃ、香坂様」

網を干す男たちの傍で煙草《たばこ》を喫《の》んでいた髭面《ひげづら》の男が、掛けていた樽《たる》から腰を上げた。

「お、三五郎《さんごろう》さん」

又十郎は髭面の男の名を口にした。

三五郎はお梶の亭主で、半月ほど前築地を訪ねた折に、お梶に引き合わせてもらっていた。

上背は並の高さだが、首や肩の肉は分厚く、腕も足も並外れて太く、獰猛《どうもう》としか見えないが、まなこには優しい光を湛《たた》えている。

「向こうの空き地で、太吉たちが魚干しを手伝ってましたぜ」

三五郎が、叩《たた》いた煙管《きせる》を二丁目の小路の方へ向けて指した。そして、

「もうすぐ終わる時分だと思いますがね」

と、日に焼けた顔に笑みを浮かべた。

「じゃ、様子を見て来るよ」

三五郎にそういうと、又十郎は小路へと入った。

小路の先の空き地には、お梶ら土地のおかみさん連中に混じって働く、太吉と捨松《すてまつ》の姿が見えた。

開いた魚を天日に干すために、支柱に載せた戸板に、一枚一枚丁寧に並べている。

「やってるな」

又十郎が声を掛けると、顔を上げた太吉と捨松が笑みを向けた。

「向こうで、三五郎さんに会ったら、太吉たちが来てるというんでね」

「この前から、子供たち、交代交代で、手伝ってもらってるんですよ」

お梶は手を止めて、又十郎に頷いた。

「手間賃も貰《もら》ったんだ」

捨松が、嬉《うれ》しさを押し隠すようにして口にした。

「ほんの少しさ。この子たち、よく働くし、わたしらも助かってますから」

お梶と一緒に魚を干していた土地の女からも声が掛かった。

その時、

「おい、女将さんがお見えだぜ」

大声を上げながら、三五郎が空き地に現れた。

「いいえ、芝金杉《しばかなすぎ》のご同業のところに行った帰りなんですよ」

三五郎の後ろから、声を掛けながら姿を見せたのは、船宿『伊和井』の女将、お勢である。

「これは香坂様、どうしてまたここへ」

お勢は、いかにも腑《ふ》に落ちないという顔で呟いた。

「いろいろと入り組んだわけがありましてね」

又十郎は、南小田原町のお梶と知り合った経緯《いきさつ》を話し始めた。

築地に釣りに来た又十郎が、干してある魚をじろじろ見ていた時、お梶に怒鳴りつけられたのが発端だった。

お梶が怒鳴ったのには理由があった。

苦労して天日に干していた干魚を、五枚、六枚と、再三にわたって盗まれていたのだ。

そんなところに、干し場に近づいた見知らぬ浪人を目にして、お梶はてっきり魚泥棒だと思い込んだのである。

その後、再び築地に釣りに来た又十郎は、干してある魚を盗んで逃げる子供たちを見つけ、波除稲荷を塒とする太吉たち五人の孤児を知ったのだ。

「それからは改心して、香坂様に教わった釣りで、子供たちは魚売りをしてるんですよ」

三五郎が、お勢にそう説明して目尻を下げた。

「手が足りない時には、こうやって、魚干しの手伝いを頼んだり、お得意先に干物を届けて貰ったりもしてまして。あ、この前だって、太吉は、女将さんのとこに届けに行ったろう」

「うん、柳橋の『伊和井』さんにも届けた」

太吉が、お梶に頷いた。

「けど、女将さんがどうして香坂様とお知り合いなんで？」

三五郎がそう切り出すと、その場にいた者たちは一斉に、又十郎とお勢に眼を向けた。

「うちに、腕のいい船頭がいるんですがね」

お勢が口にした船頭というのは、喜平次のことである。

「その船頭から、同じ長屋に魚釣りが上手《うま》いうえに、魚を捌《さば》くのは当然の事、煮たり焼いたり、刺身を引くのも玄人《くろうと》はだしのご浪人がお出《い》でになると前々から耳にしていたんですよ」

お勢はそう続けると、又十郎に会いに、神田八軒町の『源七店』に出向いたこともあるのだと皆に告げた。

その際は、長屋の住人、友三《ともぞう》の女房のおていが熱を出しており、又十郎はお勢の相手をする段ではなかったことを覚えている。

「その折、香坂様が潮汁《うしおじる》や魚の煮付けを拵《こしら》える手際の良さには感心したし、匂《にお》いもよかった。それよりなにより、長屋の人のためにあぁまでして食べさせてやろうという姿に、わたしはすっかり打たれましたよ。それで、是非にも船宿『伊和井』の板場に立っていただきたいとお願いしてるんだけど、断られ続けてましてね」

お勢は愚痴を口にしたが、物言いは穏やかだった。

「しかし、女将さんがどうしてここに」

「女将さんは、築地の魚や干物を買い上げて下さる、お得意様なんですよ」

又十郎の疑問には、お梶が答えた。

「そうそう。香坂様にお会いしてすっかり用事を忘れてましたよ、お梶さん」

「なんでしょう」

お梶が尋ねると、

「お梶さんとこに干物が残ってたら十枚ばかり貰って来て欲しいなんて、板場の者に言われてたんで、芝の帰りに立ち寄ったんですよ」

お勢が用件を切り出した。

「生憎《あいにく》、今日は朝から売れてしまって、残ってるのは一枚か二枚なんですよ。今干してるのはまだ生だしねぇ」

お梶が首を捻ると、

「今朝、お梶さんに貰ったのが、うちに三、四枚残ってるかもしれないよ」

魚干しを手伝っていた土地の女が申し出た。

「そうだお前さん、益三《ますぞう》さんや杢助《もくすけ》さんのとこに行って、余ってたら、二、三枚ずつ貰い受けてきておくれよ。そしたら、お六《ろく》さんからの分と合わせて十枚くらいになるからさぁ」

お梶がそう言うと、

「分かった」

三五郎は、まるで親に言いつけられた子供のように、その場から駆け出した。

大川の水面《みなも》で、秋の日射しが輝いていた。

その輝きは、夏の盛りに比べれば、心なしかおとなしくなったような気がする。

三五郎の漕《こ》ぐべか船に乗った又十郎、お勢、それに太吉と捨松は、のんびりと川風に吹かれている。

船べりに座ったお勢の傍に置かれた蓋《ふた》つきの籠《かご》には、十枚ほどの干魚が入っていた。

先刻、お勢が欲しがった魚の干物は、三五郎が南小田原町一帯を駆け回って、無事

調達されたのだった。すると、

「なんなら女将さん、下平右衛門町《しもへいえもんちょう》まで船で送りますよ」

と、三五郎が申し出た。

「そりゃ有難いことですが、いいのかね」

「今日の漁は終わりましたから、お安い御用ですよ」

三五郎は大きく頷いて請け負ったのである。

「もし、『源七店』にお帰りなら、香坂様もご一緒にどうです」

誘いの声を掛けてくれたお勢の厚意を、又十郎はありがたく受けた。

「おれも乗りたい」

太吉や捨松まで声を上げたのだが、

「おう、乗ってけ。どうせ、築地に戻るからよ」

と、白い歯を見せて、三五郎は持ち船を出した。

築地を後にした船は、四半刻ばかりで永代橋《えいたいばし》を潜った。

「船っていうのは、気持ちのいいもんだな」

川の水に片手を差し入れていた、今年十二の、太り気味の捨松が、風流人が言いそうなことを口にした。

捨松の言葉には誰《だれ》からも返事はなかったが、又十郎やお勢の顔は綻《ほころ》んでいた。

三五郎の漕ぐ船は、何艘《そう》もの荷船と行き違った。

行き違ってしばらくすると、すれ違った船から立った波がこちらの舷側《げんそく》にぶつかって、ぽちゃんぽちゃんと、心地の良い水音を上げる。

「香坂のおじさん、どうして『伊和井』の女将さんの話を断るんだよ」

突然、太吉から問いかけられた。

「そんな、お客からお金を取るような店の板場になんか、わたしのような素人は無理な話なんだよ」

又十郎は、笑いを交じえて返事をした。

「そう言っておいでだと、喜平次さんからも伺ってますが、わたしの眼には、ただの素人の腕とは見えないんですがね」

「いやいや」

又十郎は、右手を大きく打ち振った。

「おれたちには働けって言っておきながら、おじさんはいったい何をしてるんだい」

太吉の問いかけに、又十郎は面食らってしまい、返す言葉もなかった。

「なんだか、いつもぶらぶらしてて、暮らしに困ってる風には見えねぇけど、人ってのは、額に汗して働かなきゃいけねぇんじゃねぇかな」

「太吉もいいこと言うじゃねぇか」

櫓を漕ぎながら、三五郎が笑い声を上げた。

「柳橋近辺でも名高い船宿から誘いの口が掛かるなんて、滅多にあるもんじゃねぇよ。幸せなことだと思って、『伊和井』で働かせてもらいなよ、おじさん」

太吉の言葉は、又十郎に響いた。

この前まで、物盗りやかっぱらいをして暮らしていた太吉に、生き方を諭されるとは思いもよらなかった。

「ふふふっ」

又十郎の口から、思わず苦笑いが噴き出した。

「女将さん、こんなわたしに、『伊和井』の板場が務まるのだろうか」

又十郎は、思い切って口を開いた。

「それは、わたしが太鼓判を押しますよ」

お勢は、大きく頷くと、

「うちへ、来ていただけますか」

膝を動かして、又十郎に身体《からだ》を向けた。

「よろしくお願いしたい」

膝を揃えて畏《かしこ》まり、又十郎は頭を下げた。

船はほどなく、両国橋《りょうごくばし》に差し掛かろうとしていた。

三

翌朝、又十郎が目覚めたのは、七つ（四時頃）時分である。

日の出前だが、空は白みはじめている。

井戸端で洗顔を済ませるとすぐ火を熾《おこ》し、竈《かまど》では米を炊き、七輪《しちりん》では味噌汁《みそしる》の支度をした。

努めて早く起きるつもりはなかったが、今日から船宿『伊和井』の板場で働くので、気が張っていたのかもしれない。

「香坂さん、とうとう、板場に入る気になったんだってね」

昨夜、仕事から帰って来るなり、喜平次が又十郎の家の土間に立った。

『伊和井』の女将、お勢から聞いたと言って、笑顔が絶えなかった。

「頼まれて、香坂さんに話を持ち掛けたのはおれだから。女将さんには、これでひとつ貸しが出来たね」

そういうと、喜平次はふふふと小さく笑った。

板場に入る又十郎は、早い刻限に『伊和井』に行く必要はないのだが、

「明日は、一緒に『源七店』を出ることにするよ」

早出だという喜平次に合わせる手はずになっていた。

昨日のお勢との打ち合わせで、又十郎は早番と遅番を、二日ごとに交代で勤める決まりになっていた。

早番は六つから九つまでで、遅番は、八つ（二時頃）から五つ（八時頃）までである。

しかし、浜岡藩、江戸屋敷の目付、嶋尾久作の支配下にある又十郎には、いつ何時声が掛かるかもしれない。

だが、そんな事情をいう訳にはいかず、急用がある時は板場には立てないこともあると断ると、その時はその時だと、お勢は承知してくれた。

又十郎が朝餉を摂り始める頃になると、外はすっかり白み、煮炊きの煙が路地を流れて行った。

神田八軒町の『源七店』から浅草《あさくさ》下平右衛門町の船宿『伊和井』まで、四半刻も掛からずに着いた。

「船を出すまで間があるし、台所に行って茶でも飲むか」

喜平次の独り言を聞いた又十郎は、

「もう料理人が来ている刻限だろうか」

と、喜平次に問いかけた。

「料理人はまだだが、住み込みの女中のお佐江《さえ》ちゃんが湯を沸かしてるはずなんだ」

そういうと、喜平次は先に立って裏手に回った。

台所は、神田川に面した『伊和井』の玄関から、一本北側にある小路にあった。

畳六畳分くらいの庭の隅には井戸があり、開けっ放しの障子戸の中から、薪《まき》の煙がうっすらと漂い出ている。

「おはよう」

先に台所に足を踏み入れた喜平次が声を掛けると、竈の焚口《たきぐち》にしゃがんでいた若い娘が立ち上がり、

「あ、おはよう」

と、笑顔を喜平次へ向けると、又十郎に眼を転じた。

「お佐江ちゃん、女将さんから聞いてないかな。今日から板場で働く香坂又十郎さんだ」

喜平次の説明に首を捻ったところを見ると、お佐江と呼ばれた娘は聞いていないようだ。

「香坂さん、この子が住み込みのお佐江ちゃんですよ」

「これから、ひとつよろしく」

又十郎が会釈をすると、佐江は慌てて腰を折った。

「お佐江ちゃん、すまないが、茶を一杯貰いたいんだがね」

「茶なら、板場に勤めるわたしが淹《い》れるよ」

又十郎が気を利かすと、

「あの、急須《きゆうす》に茶の葉を入れておきましたから、あとは湯を注ぐだけです」

佐江が、土間に近い板張りに近づき、隅に置いてある土瓶を指さした。

「手回しがいいね」

喜平次が感心して声を張り上げ、板張りの框《かまち》に腰を掛けた。

「喜平次さんが、今朝早く船を出すとお蕗《ふき》さんから聞いてたので」

照れたように微笑《ほほえ》んだ佐江が、小さく肩をすくめた。

喜平次の今朝の仕事は、猪牙船《ちょきぶね》を操って山谷堀《さんやぼり》へ入り、吉原《よしわら》帰りの客を乗せて、日本堤《にほんづつみ》から霊岸島新川《れいがんじましんかわ》へ送り届けることだった。

「湯はわたしが注《つ》ぐから、お佐江さんには湯吞《ゆのみ》を出してもらいましょう」

「はい」

佐江は、又十郎に土瓶を手渡すと、土間から板張りに上がった。

又十郎は、湯釜《ゆがま》の蓋を取って柄杓《ひしゃく》で掬《すく》い、土瓶に注ぎ入れた。

土瓶に蓋をして、喜平次と並んで腰かけたところに、間合いよく、佐江が湯吞を二つ載せたお盆を置いた。

「お佐江ちゃんの湯呑は」

「奉公人のわたしが、お茶なんか」

滅相もないという顔をして、佐江は片手を横に振った。

「奉公人が飲んじゃいけねぇとなったら、おれだって、香坂さんにしたって飲めねぇってことだぜ」

「でも」

佐江は、揃えた両膝に手を置いてもじもじしている。

「奉公したばかりで知らないだろうが、ここの女将も女中頭のお蕗さんも、女中が茶を飲んだからどうとか、そんなことに目くじらを立てるような人じゃないから安心していいんだ。それに、元は武家勤めの香坂さんは茶の道にも通じておいでだから、そんな人が淹れた茶を飲めるのは滅多にないことだからさ」

「喜平次、わたしは、茶の道なんかに通じてはいないぞ」

喜平次のあまりの調子のよさに、又十郎は慌てて異議を差し挟んだ。

「とにかく、お佐江ちゃんも湯呑を持って来な」

「はい」

素直に立ち上がって、佐江は水屋から湯呑をひとつ持って来て、お盆に置いた。

又十郎は、三つの湯呑に土瓶の茶を注いだ。

「いただこう」

声と共に喜平次が湯呑を持ち、又十郎が湯呑を手にするのを見て、佐江もおもむろに湯呑に手を伸ばした。

「うめぇ」

喜平次が一口飲んで声を上げると、それを見た佐江が、ふふと笑った。

「なんだい」

「江戸には、喜平次さんや磯松《いそまつ》さんのような船頭さんがたくさんいるんですね」

「うん。ことにこの辺りは川っ縁だし、江戸じゃ、船がないとどうにもならないんだよ」

喜平次の説明に、佐江は大きく頷いた。

又十郎は、以前、大工と船頭は食いっぱぐれがないと、喜平次から聞かされたことがあった。

船は、お店者たちの商談や寄合にも使われるし、武家の相談にも利用される。

春は花見、夏は納涼、秋になれば紅葉《もみじ》狩りや月見、冬は冬で雪見にと、船は四季を通じて様々な場所へ多くの人を運ぶのだ。

人の数の多い大都、江戸では、川を利用した水運も船遊びも盛んであり、船頭は重宝されたし、火事の多い江戸では、当然、大工は忙しくなるということなのだろう。

「さて、ひと仕事して来るか」

茶を飲み干した喜平次が、腰を上げた。


喜平次が出掛けるとすぐ、女中の佐江は台所を出て行った。

一人になった又十郎は土間に下りて、流しや調理台の前に立って、鍋《なべ》や釜、桶や笊《ざる》などの調理道具の置き場所を確かめた。

そして、料理を盛り付ける皿や鉢なども見てみた。

瀬戸物の値打ちは分からないものの、落ち着いた色合いのものから色鮮やかなものまで、数多く取り揃えられていた。

静かな台所に、遠くで鳴る鐘の音が届いた。

おそらく、六つを知らせる時の鐘に違いなかった。

その鐘の音が打ち終わる頃になると、建物のそこここから人の話し声や、開け閉めされる戸の音、廊下を急ぐ足音などが台所に届くようになった。

通いの奉公人たちも着いて、船宿が動き始める刻限になったようだ。

「香坂様、女将さんが、帳場に来て下さいとのことです」

佐江が、廊下から顔だけ突き出して言うと、ぺこりと頭を下げた。

土間から板張りに上がった又十郎は、廊下で待っていた佐江の後ろに続いた。

「ここです」

佐江は、玄関の土間近くの廊下で足を止め、障子の開いた部屋を指すとすぐにその場を去った。

「お入り下さい」

四畳半ほどの広さの帳場に座っていたお勢が、廊下の又十郎に声をかけた。

「では」

帳場に入ると、お勢の横で膝を揃えていた半白髪の男が又十郎に小さく会釈をした。

「この人は、番頭の嘉吉《かきち》さんです」

お勢が、半白髪の男を手で指した。

「ひとつ、よろしく」

膝を揃えた又十郎も、嘉吉に向かって軽く上体を傾けた。

「なんですか、今朝は早くからお出でになっていたとか」

「喜平次が早出だと言いますから」

又十郎の返事に、お勢が笑顔で頷いた。そして、

「香坂さんは板場の方ではありますが、船宿というものがどんなものか、一応知っておいていただきたいと思いましてね」

と、少し改まった。

「はい」

又十郎の口から、畏まったような声が出た。

江戸の船宿は、主に客を遊里へ送り迎えする商いだとお勢は話し始めた。

大川流域の船宿が栄えたのは、吉原、深川《ふかがわ》という名だたる遊里のすぐ近くまで、船で客を運ぶことが出来たのが大きいという。

芸者や遊女を引き連れた客のために、料理を出して酒宴を開かせる座敷もあったし、男女の密会に供する部屋もあって、席料を得ていた。

それは、船宿『伊和井』とて例外ではなかった。

「そんなお客の中には、大身《たいしん》のお武家様も大店の主《あるじ》や娘、ご亭主に先立たれた後家や離縁になった出戻りもおいでになりますから、決してあれこれ素性の詮索《せんさく》などしてはなりません。板場の方にいれば、表方のことを知ることはないと思いますが、万一、お客様の素性などを知ったとしても、決して口外しないでいただきます」

奉公人の心得を重く受け止めた又十郎は、大きく頷き返した。

それに笑顔で応《こた》えたお勢が、

「お蕗さん、お願いしますよ」

廊下の方に向かって、声を張り上げた。

すると、近くで待機していたのか、七、八人の男と女が現れて廊下に座った。

「女将さん、揃いました」

　一番年かさの女が、口を開いた。

「いま、口を利いたのが、女中頭のお蕗さんで、その隣りが女中のおこんとおとき、今年、奉公に来たばかりのお佐江は、さっきお会いになったとかで」

「は」

　又十郎は、佐江に笑みを向けると、

「香坂又十郎です」

と、三十ばかりのおこんや二十代半ばと思えるおとき、四十は越していると思えるお蕗にも、頭を下げた。

「後ろにいるのが、若い衆の惣助《そうすけ》で、横に二人並んでいるのが、喜平次と同じ船頭の、磯松と吾平《ごへい》です」

　お勢は、又十郎に七人の奉公人を引き合わせた。

「ほかに、若い衆が二人と、薪割りなどをする下働きの者がおりますが、それはおいおい」

　嘉吉がそう付け加えた。

「皆さん、ひとつよろしゅう」

　又十郎が小さく頭を下げると、お勢はじめ、その場の一同から返礼があった。

「じゃ、みんな仕事に戻っておくれ」

お勢の一言で、嘉吉以下の奉公人がその場を立って行った。

「香坂さん、あとは板場の方に」

お勢は廊下に出て、又十郎の先に立った。

又十郎がお勢に続いて台所の板張りに足を踏み入れると、框に腰を掛けた老爺《ろうや》の背中と、流しで米を研ぐ若い男が眼に入った。

「親方」

お勢が声をかけると、背中を見せていた老爺が、身体ごとゆっくりと振り向いた。

又十郎は、座るよう促したお勢の横に膝を揃えた。

米を研いでいた男は手を止めて、親方と呼ばれた老爺の近くの土間で畏まった。

「こちらが、今日から、板場に来てくれることになった香坂さんです」

二人に引き合わされた又十郎は、

「香坂、です」

と、香坂のあとに続く、いかにも侍らしい又十郎という名を飲み込んだ。

「こちらは、親方の松之助《まつのすけ》さん」

お勢が老爺を指し示したが、じろりと見ただけで、口は利かない。

以前、喜平次から聞いていた通り、六十を越しているようだ。

「わたしは、弥七郎《やしちろう》といいます。ひとつ、よろしくお願いします」
　二十六、七と見える弥七郎は、軽く腰を折った。
「これでひと通り顔合わせは済んだね。あとは親方、香坂さんをよろしくお願いしますよ」

　そう言い残して、お勢は台所を後にした。

　弥七郎は流しに戻って、中断していた米研ぎを始めた。

「それで親方、わたしは何をすればいいのだろうか」

　又十郎は、媚《こ》びへつらうことなく尋ねた。

「お前さん、女将に頼まれてここへ来たそうだね」

　松之助は背中を向けたまま、抑揚のない声を出した。

「頼まれたというか」

「それほどのお人なら、ここを任せてもいいようだ。お前さんの好きにやってもらおうじゃないか」

　又十郎の言葉を途中で遮った松之助の声は穏やかだったが、言葉の端々に棘《とげ》があるように感じた。

　又十郎を板場に迎えたのを快く思っていないのは明白だった。

「お言葉ですが、初めて足を踏み入れた『伊和井』の板場の仕事の仕方がわたしにはまだ分かっておりません。そんなわたしが変に動いては、お二人の足を引っ張ることになります。今日一日は、どうか、お二方の動きや段どりを見せていただきたいと思います」

そこまで言った時、又十郎に顔を向けようとした松之助は思いとどまり、背中を向けた。

「ただ、わたしに出来ることがあれば申し付けていただきたいと思います。火熾し、水汲み、洗い物、魚の鱗剝《うろこは》がしなら、足手まといにはならないと思います」

揃えた両膝に手を突いて、又十郎は松之助の背中に声を掛けた。

「おれは、何も頼みたいことはねぇよ。弥七郎、お前はどうだ」

「へい。なにかあれば、是非、頼みますので」

弥七郎は松之助の機嫌を窺《うかが》いながらも、又十郎を気遣ってくれている。

又十郎はそっと、弥七郎に頭を下げた。


薬研堀不動《やげんぼりふどう》近くの居酒屋は、賑わっている。

客のほとんどは、歓楽の坩堝《るつぼ》である両国広小路《りょうごくひろこうじ》を目指して来た男どもだと思われる。

ほかにも、印半纏《しるしばんてん》を羽織った職人や裸同然の人足の姿もある。

初めて入った居酒屋は、両国西広小路からほんの少し南に入った先にあった。

又十郎が、船宿『伊和井』の板場で仕事を始めた初日の夜である。

この日、又十郎は最後まで板場にいた。

手の空いた女中たちの手も借りて、板場の片づけが終ったのは五つ半（九時頃）近くだった。

「明日もよろしくお願いします」

そう声を掛けて板場を出たのだが、松之助からはこの日、最初のやり取りの後は、最後まで一言も言葉が掛からなかった。

「待ってたよ」

板場を出た又十郎に声が掛かった。

『伊和井』の裏手の小路にある、篠塚稲荷《しのづかいなり》の鳥居の陰から、喜平次が姿を現した。

「初日の祝いに、両国の方で一杯やろうかと思ってさ」

喜平次の誘いに、又十郎はすぐに乗った。

さすがに疲れを覚えていた又十郎は、酒でも飲んで身も心も解《ほぐ》したかったのだ。

両国の居酒屋で飲み始めて四半刻ばかりの間に、客が二、三組入れ替わっている。

「いらっしゃぁい」

店の女の甲高い声がして、

「これじゃいっぱいで、入れねぇじゃねぇか」

と、気落ちした客の声がした。

「丈助《じょうすけ》っ、こっちだ」

突然、喜平次が土間に向かって叫び、手招いた。

店に入って来たのは霊岸島の船人足の丈助で、又十郎と喜平次の顔を見つけると土間に上がり、客を掻《か》き分けるようにして近づいて来た。

「来てたのかよぉ」

丈助は、嬉し気に腰を下ろした。

「おぉい、ここに酒と肴《さかな》を頼むよ」

丈助が大声を張り上げると、店の女が「はぁい」と返事をよこした。

丈助は喜平次の友人なのだが、深川の賭場《とば》の帰りに酒を酌み交わして以来、又十郎も懇意にしている。

「実はよ、この香坂さんが、今日から『伊和井』の板場で働くことになったんだよ」

「ええっ、それじゃ仕事帰りに二人つるんで、毎日でも酒を飲めるじゃねぇか」

丈助の関心は、その一点にしかなさそうである。

丈助が頼んだ酒と肴が運ばれて来てから、又十郎は盃を二度重ねた。

「霊岸島じゃ、ここのとこ、西国《さいごく》の方から来る船の水主《かこ》たちから怯《おび》えた声が聞こえてるんだよ」

盃に口を付けた丈助が、少し声をひそめた。

「海坊主でも出たか」

喜平次が冗談めかして言うと、

「出てるのは、船改めなんだそうだ」

丈助は更に声をひそめた。

公儀の船手組や、公儀に従順な諸藩の船奉行が、日本海や九州の周辺を行き来する船に横付けして、頻繁に積み荷の品改めをしているという。

船手組は、海上で瀬どりをした抜け荷の摘発に躍起になっているらしいのだ。

抜け荷をしている諸藩は対策に頭を悩ませているようだが、そんな船に乗り込んでいる水主たちにも動揺が広がって、船乗りをやめる者が増えているのだと、丈助は語った。

「水主たち船乗りはよ、普段から荒れた海を行き来してるから、死ぬ覚悟は出来てるんだよ。とはいえ、抜け荷に関《かか》わるような船に乗り込んで、いま以上危ない橋を渡って、お縄になるような羽目になりたくないっていうのが本音だと思うね」

そう口にして、丈助は一気に盃の酒を呷《あお》った。

飲んでいた客が、何組か店を出て行った。

町の木戸が閉まる四つが近いせいかもしれない。

「あ、そうそう。浜岡藩下屋敷の中間の仲七郎《なかしちろう》が、香坂さんと話したいと言ってましたぜ」

そう言って、丈助が徳利の酒を勧めるので、又十郎は受けた。

「一度ちゃんと、下屋敷の賭場に呼びたいなどと言ってましたがね」

「ちゃんとたぁ、なんだ」

喜平次が口を挟んだ。

「二十日近く前、麻布《あざぶ》の新堀川《しんぼりがわ》の一之橋《いちのはし》まで喜平次に船で送ってもらったことがあったろう」

「あぁ、あの時か」

喜平次は思い出して、頷いた。

その時は、国元から江戸に来た浜岡藩士十名が下屋敷に宿泊するのにぶつかって、急遽《きゆうきよ》、下屋敷の賭場は開かれないことになったのだ。

だが、

「江戸、下屋敷、筧道三郎《かけいみちさぶろう》は——、筧には」

と、言い残して死んだ義弟、兵藤数馬が口にした、浜岡藩下屋敷のお蔵方、筧道三郎の顔を確かめられたのは幸いだった。

しかし、その筧が、数馬の味方だったのか敵だったのかが、未《いま》だに判然としない。

仲七郎の誘いに乗って下屋敷に近づくことに躊躇《ためら》いはあるものの、真相を知るには少々の危険は覚悟すべきなのかもしれない。

「丈助さん、今度、仲七郎さんに会ったら、浜岡藩下屋敷の賭場の立つ日を聞いておいてもらいたいな」

又十郎が笑顔を向けると、

「おう」

と請け合って、丈助は盃の酒を飲み干した。

四

船宿『伊和井』の板場が夕焼けの色に満ちている。

板場の出入り口や窓は、すべて北側にあって、西日が直《じか》に射し込むことはなかった。

窓から射し込んでいるのは、近隣の家の壁や屋根からの照り返しである。

夕刻の座敷には二組の客があったが、松之助と弥七郎が拵えた料理の膳は、先刻、女中たちによって運ばれて行った。

この後の料理の予定はなく、松之助は流しで包丁を研ぎ、弥七郎は洗い終えた笊や木桶を棚に並べている。

歯の高い下駄を履いた又十郎は、竈に掛けた雪平《ゆきひら》の落し蓋を取って、魚の煮具合を見た。

又十郎はこの日、板場の賄《まかな》い作りを任されていたのだ。

『伊和井』の板場で働き始めてから、三日が経った七月十八日である。

ご飯と味噌汁のほかに、魚の煮付けと焼き茄子《なす》、赤貝の酢味噌和《すみそあ》えを作るつもりだった。

『伊和井』の板場に入った翌日の十六日は、身体の節々が痛んだ。

なにしろ、歯の高い下駄を履いて、一日中土間を動き回るなど初めてのことだった。

早番だった昨日、仕事帰りに神田佐久間町の按摩《あんま》に掛かったおかげで、足腰の痛みは大分和らいでいる。

「水を一杯もらうよ」

喜平次が、外から入って来るなり、土間近くに置いてあるお盆に伏せてあった湯呑を取った。

「帰りかい」

松之助に声を掛けられた喜平次は、

「日が暮れたら、三人の客を乗せて大川を上ることになってさ」

そう返事をすると、流しの横の水瓶《みずがめ》から柄杓で水を掬い、湯呑に注いで、一気に飲んだ。

「さっき、お蕗さんが運んで行ったお膳三つの客だね」

弥七郎が、俎板《まないた》を拭きながら独り言を吐いた。

「芸者も乗せず、男三人で船遊びなんて、面白くもねぇだろうに」

「女っけなしですか」

「ないない」

喜平次は、尋ねた弥七郎に片手を打ち振ると、流しに湯吞を置いた。

そこへ、三段に重ねたお膳を抱えたおこんが現れ、板張りに置いた。

「親方、松の間のお客さん、料理を褒めておいでしたよ」

土間に下りたおこんが、お膳に載っている空いた器を重ねて洗い場に運びながら、
松之助に声を掛けた。

「あれは、ほとんど弥七郎がこさえたもんだ」

「いえ、そんなことは」

松之助の言に、弥七郎は謙遜《けんそん》した。

すると、お膳をひとつずつ持ったお蕗と佐江が入ってきた。

「器を置いてくれたら、わたしが運ぶから」

「はい」

返事をした佐江は、お膳の上の空いた器を取り、板張りに並べた。

「喜平次さん、女将さんが、松の間のお客さんの船、そろそろお願いって」

「へい、承知」

喜平次は、入って来たおときに陽気に返事をすると、台所から飛び出して行った。

そしてすぐ、

「香坂さん、お客人だよ」

喜平次の大声が、外から届いた。

「仕事中、申し訳ない」

戸口の外からそっと顔を出したのは、浜岡藩下屋敷の中間、仲七郎だった。

「親方、ちょっと出ていいでしょうか」

又十郎が断りを入れると、松之助は黙って頷いた。

「すぐに済みますので」

魚の煮付けの鍋を火から下ろして、又十郎は台所の外に出た。

「香坂さん、この前は申し訳ありませんでしたね」

仲七郎は、いきなり丁重に頭を下げた。

「あの浪人は何者かと、筧様にしつこく尋ねられて、香坂さんの本当の姓名をばらすことになってしまいまして」

仲七郎は、米つきバッタのようにぺこぺこと腰を折った。

先月、浜岡藩下屋敷の賭場に行ったおり、屋敷の者には偽りの名を言うよう、仲七郎に頼んでいたのだ。

偽名を用いたわけを、十日前、眼の前に現れた筧道三郎から問い詰められたが、又十郎はなんとか言わずに済ませていた。

「今日伺ったのは、明日、賭場が立つお知らせでして」

声を低めた仲七郎が、小さく頷いた。

刻限は、前回と同じ五つだという。

「前回来ていただいた時は、よんどころない事情で賭場を開けなかったので、是非お誘いするようにと、筧様からも言いつかっておりまして」

筧道三郎のお声掛かりに少し躊躇いを覚えたが、

「明日、行くよ」

又十郎は、きっぱりと返答した。

一人残って台所の片づけを済ませた又十郎は、『伊和井』の裏口から、篠塚稲荷のある小路に出た。

刻限は五つ半くらいだが、どこからか三味線《しゃみせん》や太鼓の音が届いている。

料理屋に呼ばれた芸者が、座敷で踊りを披露しているのだろう。

又十郎は、茅町《かやちょう》一丁目の角を左へ曲がって、浅草橋《あさくさばし》の方へ足を向けた。

浅草橋の袂《たもと》に近づくと、神田川の北岸に猪牙船を着けた喜平次が、船着き場の杭《くい》に船を舫《もや》っているところだった。

船着場から下りた三人の客の足元を提灯で照らした磯松と吾平が、『伊和井』の玄関へと導いて行った。

五十くらいと思《おぼ》しき、商家の旦那らしい男の右頰《ほお》に火傷《やけど》の痕《あと》があるのが、提灯の明かりに微かに浮かび上がっていた。

三人の客が『伊和井』の玄関の中に消えるのを見届けた又十郎は、船着き場に近づいた。

「なんだ、まだ居たんですか」

櫓《ろ》と棹《さお》を甲板に寝かせた喜平次が、又十郎の立つ岸辺に顔を向けた。

「片づけに手間取ってね」

「香坂さんは、『源七店』にお戻りで」

「あぁ」

又十郎が返答すると、船を繫《つな》ぎ終えた喜平次が、船着場から岸辺に上がって来た。

「それじゃ、このまま帰りましょうか」

歩き出した喜平次の横に、又十郎は並んだ。

『源七店』のある神田八軒町は、神田川の北岸に沿って西へ向かった先にある。

又十郎と喜平次は、浅草橋の北詰から左衛門河岸《さえもんがし》へと進み、酒井《さかい》揚場《あげば》に差し掛かったとき、

「さっきの三人連れは、妙な客でしたねぇ」

喜平次がそう口にして、小さく首を傾《かし》げた。

夕方の台所でも、女っけもなく船に乗る三人の客のことは話題に上っていた。

一人の男の指示で、まずは、浅草の少し上流で源森川《げんもりかわ》に入り、業平橋《なりひらばし》で引き返して再び大川《おおかわ》に戻ったのだと、喜平次は話し出した。

「そしたら今度は大川を下って、深川越中島《えっちゅうじま》へ行ってくれと言うじゃねぇか。おれは言われた通り船を回しましたよ。そのあとは、石川島《いしかわじま》をぐるっと回って、神田川に戻って来たってわけでして」

喜平次の声は不満げである。

「酒を飲むでもなく、月見というわけでもなく、あの三人連れはなんでまた船を仕立てたんだ」

「それは、こっちが聞きたいよぉ」

喜平次は口を尖《とが》らせると、さらに、

「客の一人がよ、お前さんは、月のない暗い夜でも、大川の浅瀬を避けて船を漕《こ》げるのかと聞きやがるのよ。なに寝ぼけたことを言ってやがんだいと口から出かかったが、相手は客だ、その言葉を飲み込んで、それが分からなきゃ、大川の船頭は務まりませんと返答してやった」

一気に吐き出すと、鼻でふんと笑った。

喜平次によれば、大川には上流から運ばれて来た土砂が溜《た》まって、ところどころに洲《す》が出来ているのだという。

大川の本所《ほんじょ》側、御《お》船蔵《ふなぐら》の前には寄洲《よりす》があり、新大橋《しんおおはし》と永代橋の間にも長年かかって出来た中洲があった。

その他にも、大雨が降るとどこに砂が溜まるか知れず、大川の川底の地形を知らない船頭は往生するし、浅瀬に船を乗り上げさせてしまうことにもなる。

「自慢じゃないが、おれはそのあたり、充分に心得ておりますがね」

胸を張った喜平次は、どうだと言わんばかりに笑みを浮かべた。

江戸湾は風もなく、波は穏やかだった。

日は西に沈んだばかりで、海上はまだ明るい。

築地、南小田原町の漁師、三五郎の漕ぐべか船に乗った又十郎の右手には、黒い影となった増上寺の大屋根が望めた。

船宿『伊和井』の務めは早番で、九つになれば板場を出てもよかったのだが、洗い物や、仕込みの支度をする弥七郎を半刻近く手伝ってから、神田八軒町の『源七店』へ帰った。

この日、又十郎は出かけなければならない用事があった。

中渋谷村《なかしぶやむら》の浜岡藩下屋敷に行くのだ。

昨日、『伊和井』を訪ねて来た下屋敷の中間、仲七郎から、翌十九日の五つに賭場が立つという知らせを受け、行くという返事をしていたのである。

一旦『源七店』に戻った又十郎は、着替えを済ませると刀を腰に差し、釣竿《つりざお》と魚籠《びく》を持って長屋を後にした。

浜岡藩江戸屋敷の目付、嶋尾久作の元で動く、横目頭、伊庭精吾やその配下の者たちの眼を警戒しなければならず、夜釣りに出掛けるという態《てい》を取り、いつも行く釣り場である築地へと向かった。

喜平次の猪牙船に乗せてもらおうとも思ったのだが、夕刻から芸者を伴った旦那衆《だんなしゅう》の舟遊びの屋根船を大川に浮かべる務めを負っていた。

又十郎は、南小田原町のお梶の亭主、三五郎に頼んで船を出してもらうことにしたが、それが叶わなければ渋谷まで歩く覚悟はしていた。

「船は出しますよぉ」

三五郎は、又十郎の頼みを快く引き受けてくれたのである。

三五郎の漕ぐべか船が、芝金杉の将監橋《しょうげんばし》に差し掛かった頃、辺りは夕闇《ゆうやみ》に包まれた。

「この辺りで下りるよ」

「渋谷へ行くんなら、もう少し上まで行きますよ」

そう言った三五郎は、金杉川を遡《さかのぼ》り、川の名が新堀川と替わった先にある、麻布一之橋まで船を進めるという。

西へ伸びていた新堀川が直角に南へ向きを変えた揚場の先に、麻布の一之橋があった。

「助かったよ」

又十郎は船を下りて、橋の近くの岸辺に立った。

「それじゃ、釣竿と魚籠はうちで預かっておきますから」

三五郎はそういうと、炭薪土置場前の川幅の広くなった辺りで船の舳先《へさき》を川下へ向け、ゆっくりと暗がりの向こうに紛れて行った。

五

一之橋を後にすると、仙台坂《せんだいざか》を上り、麻布広尾町《ひろおちょう》を過ぎてから渋谷川沿いの道をひたすら西へと歩いた。

道の両側に広がる田圃《たんぼ》で、腰の高さくらいに伸びた稲の穂が月明かりを浴びている。

又十郎は、麻布から渋谷に至る道に明るかった。

麻布にも渋谷にも、何度か足を踏み入れたことがあった。

下渋谷村、金王下橋《こんのうしたばし》の北側の袂は四つ辻である。

四つ辻をまっすぐ行くと、旅籠《はたご》や飲み食いの出来る店もある宮益坂《みやますざか》下に至るのだが、又十郎は右へと足を向けた。

小道の右側には、筑前福岡藩《ちくぜんふくおか》、松平《まつだいら》美濃守《みののかみ》家中屋敷の塀が、金王八幡宮門前まで続いている。

又十郎は、門前町の先を左に曲がった。

曲がった道の先の右手に、浜岡藩下屋敷の甍《いらか》が月明かりを浴びていた。

賭場の始まりは五つだと聞いている。

芝、増上寺の六つの鐘を聞いてから、一刻（約二時間）ほどが経っている頃おいだと思われる。

屋敷の裏門の近くに立っていた人影が、近づく又十郎の方に身体を向けた。

中間の仲七郎だった。

軽く頭を下げた仲七郎は、潜り戸を開けると、先に入るよう無言で屋敷内を指し示した。

又十郎が入るとすぐ仲七郎も続き、潜り戸を閉めた。

「こちらへ」

仲七郎が先に立った。

敷地の中は暗く、幾つもの建物も黒々として、明かりひとつ洩れていない。

建物の角を三度曲がった先に、蔵が三棟並んでいた。

一番左にある蔵の戸口に立った仲七郎が、重たそうな分厚い戸を開けると、中から明かりが洩れ出た。

「どうぞ」

仲七郎に促されて、又十郎は蔵の中に足を踏み入れた。

これは——蔵の中を見回した又十郎は、腹の中で声を上げた。

幾つもの長持ちや明け荷などが積まれた一角で燭台《しょくだい》が灯《とも》り、その傍に、床に刀を置いた筧道三郎が胡坐をかいていた。

賭場が立つ様子は微塵《みじん》もなかった。

「仲七郎、ご苦労」

「へい」

戸の近くで片膝を突いていた仲七郎が、筧に返事をした。

「わしの招きでは来るまいと思い、仲七郎にお主を誘い出してもらったというわけだ」

「旦那、悪く思わないでもらいてぇ」

すまなそうな声を又十郎に掛けると、仲七郎は蔵から出て行き、外から戸を閉めた。

「なにも、取って食おうというつもりはない。ここで刀を抜くかどうかは、そちら次第だ」

物言いは静かだが、刀を身体の左に置いた筧から、いつでも抜くぞという気迫が見て取れた。

又十郎は、筧の向かいに膝を揃え、敢えて身体の右側に刀を置いた。

「呼び出しのわけを聞きたい」

「問い質《ただ》したいことが、いろいろとある。先日も尋ねたが、もう一度聞く。名を騙《かた》って下屋敷の賭場に来たのはなにゆえか」

筧が口にした先日というのは、十一日前の七月八日のことだ。

木挽町築地の南飯田河岸《みなみいいだがし》で釣りをした帰り道、又十郎の前に現れた筧に不審を向けられたのだ。

その時は、刀を抜き合うほど気が立っていて、真っ当なやり取りが出来なかった覚えがある。

「浪人とはいえ、かつては主家に仕えていたことがある身の上ゆえ、たとえ下屋敷の中間部屋での賭場に行くといえども、実名を名乗るのを憚《はばか》っただけのこと」

又十郎は、そのわけを整然と口にした。

「以前は、いずれのご家中にいたのだ」

「その義は、ご容赦願いたい」

又十郎は、軽く上体を倒した。

「なにも当家だけではなく、中間部屋での博奕《ばくち》というものは、いずれのご家中の下屋敷でも行われていると聞く。お主は、何ゆえ、神田からは遠い渋谷の、当家の下屋敷にわざわざ足を運んだのか」

「深川の博奕場で知り合った船人足が、中間の仲七郎と顔見知りと知って、口を利いてもらったのですよ」

「だが、何ゆえ、渋谷まで」

「場所はどこでもよかった。大名家の下屋敷ならば、敵対する博徒が賭場荒らしに来ることもなく、役人に踏み込まれる恐れもないのでな」

又十郎の返答に淀《よど》みはなかった。

筧は、なにか言いたげにしたが、軽く唸って、片手で頬を撫《な》でた。

「お主、船宿の料理人になったというが、何ゆえだ」

「食うて行くには、稼がねばならぬ」

又十郎の返答に、筧はまたしても黙った。

「若い時分からの釣り好きが高じて、魚を捌くのは無論、焼いたり煮たりと、魚の扱いに慣れていたのが、今になって役に立ったというところです」

又十郎が話し終えると、筧は、天井を向いて小さくため息をついた。

「聞くことがなければ、今度は某《それがし》からお尋ねしたいことがござる」

「なに」

筧が、又十郎に鋭い眼を向けた。

「ひとつ、あなた様は何ゆえ、これほどまでにわたしを気になされるのかを伺いたい」

又十郎は筧を正視した。

筧は、真意を探ろうとでもするのか、又十郎の顔を注視している。

「先日、木挽町築地に現れた筧殿はわたしに、下屋敷の何を、誰を探りに来たのかと問われた。そのうえ、誰の元で動いておるとも口になされた」

問いかけに、筧の眼がかすかに揺れ、又十郎から顔をそむけた。

筧が、その問いかけに易々《やすやす》と答えるとは思っていなかった。

「江戸、下屋敷、筧道三郎は――、筧には」

藩政の改革を標榜《ひょうぼう》していた義弟、兵藤数馬を手に掛けた又十郎には、息を引き取る間際、数馬の口から洩れ出た言葉が謎《なぞ》として残っていた。

筧には用心するようにという意味だったのか、未だにその真意が不明なのだ。

ここで筧を追い詰めれば、数馬の同志だったのか、仇成《あだな》す者だったのか、その手がかりがぽろりと洩れ出るのではないかと考えた。

「こっちにも、いろいろと気の揉《も》める事情があるのさ」

薄笑いを浮かべてそう言うと、筧はすっと立ち上がり、出入り口の近くに行って、蔵の戸を開けた。

「今夜はどうする。宮益坂の宿にでも泊まるか、それとも神田へ戻るかだが」

「神田へ戻る」

そう返事をすると、又十郎は蔵を出た。

「裏口まで送る」

後から蔵を出た筧が、先に立った。

さっき仲七郎と来た道を引き返して、裏口に着いた。

又十郎は、筧が開けた潜り戸から、屋敷の外に出た。

宮益坂の方へ向かって数歩足を運んだ時、背中で潜り戸の閉まる音がした。


船宿『伊和井』の板場の外は、すっかり日が暮れていた。

座敷の宴席に出す料理はとっくに作り終えて、又十郎と弥七郎は、のんびりと板場の片づけに掛かっており、松之助は板張りの隅の框に腰掛けて煙草を喫んでいる。

又十郎が渋谷の浜岡藩下屋敷へ行った翌日である。

台所の奥の廊下から何人もの足音がして、二段、三段と重ねたお膳を抱えて、女中頭のお蕗を先頭に、おこんやおとき、佐江が板張りに現れた。

「おときとお佐江はここに残って、弥七郎さんや香坂さんを手伝って、器洗いとお膳拭き。おこんはわたしと座敷の片づけ」

「はい」

おこんは返事をすると、三段重ねのお膳を板張りに置いて、お蕗の後を追って廊下へと飛び出した。

「ええと、梅の間のお客様が、浪人上りの料理人に会いたいとお言いなんだけど」

廊下から入って来たお勢が、松之助に眼を向けた。

「行きな。なにか文句言われたら、黙って頭下げるんだぜ」

煙管を煙草盆に戻した松之助にそう言われた又十郎は、下駄を脱いで板張りに上がった。

「なにか文句がある風ではなかったけどね」

首を傾げながら呟いて廊下に出たお勢の後ろに、又十郎は続いた。


階段を上がった又十郎は、座敷の前の廊下に膝を揃え、お勢の後ろに控えた。

「料理人を連れて参りましたが」

「ん」

襖《ふすま》の中から、男の声がすると、

「失礼します」

お勢は襖を開けた。

神田川に面した八畳の部屋の中に居たのは、嶋尾久作だった。

「料理人に料理の極意を尋ねたいので、二人にしてもらえまいか」

嶋尾は努めて穏やかな物言いをした。

「それはそれは、へぇ、よろしゅうございます。さ、中へ」

お勢に促されて、又十郎は部屋の中に膝を進めた。

「それではわたしは」

お勢が部屋の外から襖を閉めて、廊下を立ち去る足音がした。

「わたしがここだと、ご存じでしたか」

「あぁ。しかし、真っ当な仕事を得たというのは、まことに目出度《めでた》い」

嶋尾は、又十郎が船宿『伊和井』の板場で働くことを知らせなかったことを咎《とが》めはせず、柔和な笑みを浮かべた。

「ところで、近々、その方の件で、国元から江戸へ、人が来ることになった」

「わたしの件で、と申しますと」

又十郎は、訝《いぶか》るように嶋尾を見た。

「すでに国を出たのか、間もなく出るかは知らぬが、その方、聞いているか」

「聞くとは、何を」

首を捻って思案したが、又十郎には何も心当たりがない。

「人が来ることをだ」

「そのようなことを、何ゆえ、わたしが」

言いかけた又十郎は、あとの言葉を飲み込んだ。

嶋尾が、刺すような眼差《まなざ》しを又十郎に向けていたのだ。

まるで、隠し事を見極めようとでもするような眼光である。

「それで、国元からは、どなたが参られるのでしょうか」

又十郎は、慌てることなく問いかけた。

「いや。知らぬなら、よいのだ」

突き放すような物言いをして立ち上がった嶋尾は、襖を開けるとそそくさと部屋を後にした。

「あ、お帰りでございますか」

部屋から廊下へ出た又十郎の耳に、階下からお勢の声がした。

「なんなら駕籠《かご》を呼びますが」

番頭の嘉吉の声も響いたが、嶋尾の声は聞こえない。

「ありがとう存じました。またのお越しをお待ちしております」

お勢とお蕗の陽気な声が二階にまで轟《とどろ》いた。


船宿『伊和井』の台所は、しんと静まり返っている。

ほんの少し前まで、器を洗ったり、お膳を拭いたりする女中たちの賑やかな話し声が飛び交っていたのだが、お膳も器も収まる所に収まって、台所に残っているのは、最後まで片づけをしていた又十郎と、板張りで酒を飲んでいる松之助だけだった。

明かりは殆《ほとん》ど消されているが、松之助が座った辺りを、天井から吊《つ》るされた八方の明かりが照らしている。

片づけをしながら、又十郎の心中を占めていたのは、先刻、『伊和井』の客となって現れた嶋尾の真意は何だったのかということである。

いくら思い返しても、嶋尾はとりとめのない話をしただけで、何を言いに来たのか、判然としないままであった。

「片づけ終わりましたので、わたしはこれで」

下駄を草履に履き替えた又十郎が、松之助に帰りの挨拶《あいさつ》をした。すると、

「急ぐのかい」

松之助から意外な声が掛かった。

頭上から照らす明かりのせいか、松之助の顔に刻まれた皺《しわ》が、やけに深く見える。

「少し、付き合わねぇか」

松之助が、又十郎に徳利を掲げてみせた。

「それじゃ、少し」

板張りのお盆に伏せてあった湯呑を手にした又十郎は、松之助の横で膝を揃えた。

そして、松之助の酌を受けた。

「おれは、いい」

松之助は、又十郎の酌を断って、手酌にした。

「お前さん、浪人だそうだが、どこかのご家中にいたのかい」

「えぇ」

又十郎は、正直に答えた。

「国は、どこだい」

「それは、容赦願います」

又十郎は、軽く頭を下げた。

その後も、独り者かとか、なぜ江戸に来たのかなどと尋ねられたが、さりげなく答えをはぐらかした。松之助は、又十郎の来歴の詮索をしたいわけではなく、どうやら、話の接《つ》ぎ穂《ほ》を探しているように感じられた。

「あんたのことは、女将さんや喜平次から聞いてはいたんだ」

酔いが回ったのか、松之助の物言いが少し間延びしていた。

「包丁は使えるが、これまで、人さまから銭を取って料理を出したことはねぇと言うじゃねぇか。とすりゃ、言ってみりゃ素人だな」

「ええ。左様です」

「そんなお前さんを、この界隈《かいわい》じゃ名の通った船宿『伊和井』の板場に呼ぶとは、どういう腹の内かね」

その松之助の問いかけには、返事の仕様がない。

「お前さん、女将さんには、何と言って誘われたんだ。それによっちゃ、明日から、あんたを親方と呼ばなきゃならねぇからね」

「冗談はやめて下さい」

又十郎は、少し語調を強めた。

松之助は、小さく鼻で笑うと、湯吞に酒を注いだ。

「女将さんは、もう、おれを見限っていなさるんだろう。そう聞いちゃいねぇかい」

「そんなことは聞いていませんが」

喜平次からも、そんな話は聞いてはいなかった。

「女将さんはどうやら、おれをここから追い出したがっていなさるようだ。年を取って、料理の腕や味付けが頼りないからと、若い浪人者を引き入れたに違えねぇのさ」

そういうと、酒の入った湯吞を口に運んだ。

松之助は、口の端から洩れて零《こぼ》れた酒を、手の甲で乱暴に拭《ぬぐ》った。

「女将さんは、親方の身体を心配しておいでだということを、わたしは喜平次から聞いたことがあります。昔のように、無理の利く年でもなくなった親方の肩の荷を軽くするために、わたしに声を掛けて下さったんだと思います」

又十郎の言葉は、その場しのぎでもなんでもなかった。

女将のお勢が、松之助をお払い箱にするつもりなどないことは、以前、喜平次から聞いていた話だった。

「どいつもこいつも、耳触りのいいことを言いやがる」

呂律《ろれつ》の回らない声で吐き捨てると、松之助は片頬を動かして、ふんと鼻で笑った。

「いえ」

誤解を解こうと、又十郎が声を出すと、

「引き留めて悪かった」

松之助は言葉で遮って、又十郎に向かって、まるで蠅《はえ》や蚊を追い払うように、『帰れ』と手の甲を打ち振った。

いいえ、女将さんは心底、親方の身体の心配をしておいでです——又十郎はそう言いたかったのだが、伝わらずに終わった。

「それじゃ、お先に失礼します」

又十郎は、裏手の戸口の障子戸に手を掛けて、松之助に会釈をした。

板張りに座ったままの松之助からはなんの声もなかった。

板場を出た又十郎は、障子戸をゆっくりと閉めた。

小路に出たとき、大川の方から吹いて来た風が、又十郎の首筋を撫でて通り抜けた。

これまでの夜風と違い、ほんの少し、ひんやりとしていた。

第二話　抜け文

一

船宿『伊和井《いわい》』は、浅草下平右衛門町《あさくさしもへいえもんちょう》にある。

浅草橋から大川《おおかわ》と流れが交わる神田川《かんだがわ》の北側の町である。

神田川が大川に注ぎ込む河口近くに架かる柳橋《やなぎばし》を南に渡れば、たたらを踏んだくらいで両国橋《りょうごくばし》の西の広小路に行きつけるほど、近い。

『伊和井』の表の入口は神田川に面しているが、料理人が働く板場は、建物の裏手の小路から出入りするようになっている。

　小路と敷地の境には木戸も垣根もなく、板場の戸口までは数歩で着く。

　板場の戸口の外は、細長い裏庭になっており、漬物樽《つけものだる》や醤油《しょうゆ》樽などを置いておく掘立小屋が二棟と、片隅には井戸があった。

　日の出から昼頃《ごろ》まで、裏庭には日が射《さ》すのだが、正午を半刻（約一時間）も過ぎると、西に傾き始める日は『伊和井』の屋根に遮られて日陰になる。

　又十郎《またじゅうろう》は、板場の庇《ひさし》の下に置いた古びた樽を腰掛けにして、大根の桂剝《かつらむ》きをしていた。隣りに置いた樽に腰掛けた弥七郎《やしちろう》は、牛蒡《ごぼう》の笹掻《ささが》きをしている。

　庇の下は日陰になっているが、二人の正面に見える小路は日射しを照り返していた。

　小路を挟んだ向こう側には、第六天社《だいろくてんしゃ》の入口があり、その右隣りには篠塚稲荷《しのづかいなり》があった。

　小路を右の方へ行けば大川の岸辺にぶつかるが、左に行けば、浅草橋から浅草御蔵《おくら》を経て浅草寺《せんそうじ》に通じる往還にぶつかる。

「精が出るねぇ」

　小路から声を掛けながら、急ぎ足で通り過ぎたのは、顔見知りになった芸者置屋の若い衆だった。

　柳橋の北側一帯は、旅籠町《はたごちょう》もあり、また浅草御蔵前にお店《たな》を構える米問屋も多く、旦那《だんな》衆が遊ぶ花街が栄えたという。

狭い小路の奥で仕事をしていても、三味線《しゃみせん》や踊りの稽古《けいこ》に通ったり、髪結いに行ったりする芸者衆をよく見かける。

大川の方から、水鳥の啼《な》き声が届いた。

のどかな昼下がりである。

桂剝きをしていた又十郎の手が、ふっと止まった。

四日前の夜のことが頭を過《よぎ》ったのだ。

七月二十日の日暮れ、嶋尾久作《しまおきゆうさく》が何の前触れもなく、客として『伊和井』に現れたことが、しこりのように胸に残っている。

その夜、料理の膳《ぜん》を摂《と》り終えた嶋尾の部屋に呼ばれたのである。

そこで嶋尾が口にしたのは、又十郎の消息に関して国元から江戸へ人が来るということだった。

そのことを知っているかと問われたが、無論知るわけがなかった。

にもかかわらず、又十郎の仕事先にわざわざ足を運んでまでなぜ尋ねたのかと、嶋尾の真意が分からず、それ以来、胸につかえを残したまま過ごしていたのだ。

「行徳《ぎょうとく》の忠兵衛《ちゅうべえ》さんが来る時分ですから、行ってきます」

弥七郎が、笹搔きの溜《た》まった水桶《みずおけ》の横に包丁を置いて、腰を上げた。

「船着き場にはわたしが行きますよ」

又十郎は、弥七郎を制して立ち上がった。

年は下だが、『伊和井』の板場では、弥七郎の方が先達《せんだつ》である。

「それじゃ、頼みます」

「はい」

弥七郎に頷《うなず》いて、又十郎は庭から小路へと出ると、右へと足を向けた。

神田川の両岸に、何艘《そう》もの屋根船や猪牙船《ちょきぶね》が船腹をつけて繋《つな》がれていた。

そんな川面《かわも》を、荷を積んだ船や空船がすれ違っている。

板場の外の裏通りに比べると、『伊和井』の出入り口のある表通りは多くの人の往来があった。

花街で働く者もいれば、物売りの連中も行き交う。

板場をあとにした又十郎は、柳橋の北の袂《たもと》に出ると右へと折れた。

屋根船と猪牙船が腹を付け合って係留されている先に、一艘のべか船が停《と》まっていた。

その船底には二つの大きな木桶《きおけ》が置かれ、菅笠《すげがさ》を被《かぶ》った男が、ひとつの木桶に両手を突っ込んで掬《すく》った蜆《しじみ》を、二つの小さな目籠《めかご》に入れていた。

「やぁ、忠兵衛さん」

又十郎が声を掛けると、漁師の忠兵衛が菅笠に手を遣《や》って顔を上げた。

「お、『伊和井』の新入りだったな」

「はい」

又十郎は笑みを浮かべると、

「今日は浅蜊《あさり》を貰《もら》います」

持って来た竹の深笊《ふかざる》を忠兵衛に手渡した。

忠兵衛は、もう一つの木桶に両手を突っ込んで浅蜊を掬い、又十郎が持ってきた深笊にガサリと移した。

それを三度繰り返して、浅蜊で一杯になった笊を又十郎に手渡した。

「見事な浅蜊だね」

又十郎が目を細めると、

「あんた、眼《め》が利くようだな」

忠兵衛がにやりと口の端を歪《ゆが》めた。

「海のものは、子供の時分から見ていたからね」

笑みを浮かべて、屈《かが》んでいた又十郎は腰を伸ばした。

「そうそう。船頭の喜平次《きへいじ》さんが、なにか言ってなかったかい。いや、大川にしろ深《ふか》川《がわ》の竪川《たてかわ》や小名木川《おなぎがわ》にしろ、船手組《ふなてぐみ》かなんか知らないが、このところしょっちゅう、荷船を止めて積み荷改めをしてるらしいんだよ」

「さぁ、喜平次からそんな話は聞いてなかったな」

そう返事をして小さく首を捻《ひね》ったとき、ふと、似たような話を他の誰《だれ》かから聞いたことを思い出した。

霊岸島《れいがんじま》で船人足をしている丈 助《じょうすけ》である。

「そういえば、そんな話をして、愚痴をこぼしていた船乗りがいたよ」

深いわけはないが、又十郎は丈助の名を伏せた。

「ま、いいや。その浅蜊、水に漬けておけば明日の朝まで食えるからよ」

「わかった」

忠兵衛に返事をして岸辺を離れた又十郎が、ふと足を止めた。

『伊和井』の出入り口の暖簾《のれん》が割れて、商家の主《あるじ》風の男が表に出ると、後から出て来たお勢《せい》と喜平次が、浅草橋の方に去っていく男の背中に軽く頭を下げた。

去って行った男の頬《ほお》には、以前見かけたことのある火傷《やけど》の痕《あと》がかすかにあった。

「ちょっと香坂さん」

裏に回ろうとしたとき、お勢の声が掛かった。

又十郎が足を止めると、

「手が空いたらわたしの話を聞いて下さいよ」
お勢は不機嫌そうな声を出し、すぐ横で小さく口を尖《とが》らせている喜平次を冷ややかに見た。

船宿の昼下がりは静かである。
昼の片づけや夜の支度もあらかた済んで、女中や若い衆たちはのんびり休んでいる刻限だった。
通りを行く荷車の音や物売りの口上が家の中に忍び込んでいる。
「さっきのお人は、六日か七日ばかり前の夜、喜平次さんの猪牙船に乗り込んだ三人
連れのうちの一人なんですけどね」
火の気のない長火鉢の向こうに座ったお勢が、喜平次と並んで座った又十郎に口を
開いた。
そのときは大川を上り下りしたり、深川沖をぐるりと回らされただけだと、喜平次
から愚痴を聞かされた覚えがある。
「その人は船を使う商いをしているお店の主なんだけど、荷船を操る腕利きの船頭を
探してるとお言いなんですよ」
「というと」

話の要領が分からず、又十郎は軽く首を傾《かし》げた。

このところ、船頭にやめられたり引き抜かれたりして困っているので、新たに船頭を雇い入れているらしいのだと、お勢は説明した。

「二人雇い入れたらしいのだけど、それじゃ足りないとかで、大川一帯では評判のいい船頭の腕を見てみようと、この前、喜平次さんを名指しで乗り込んだんだそうですよ」

そういうと、お勢は大きく息を吐いた。

「というと」

話のよく分からない又十郎は、お勢と喜平次に眼《め》を向けた。

「昨日、さっきの人から直《じか》に声を掛けられたそうです。『伊和井』をやめて来てくれないかって」

お勢が口を尖らせた。

「けどね、長年世話になった恩ある『伊和井』に後足で砂をかけるような真似《まね》はしたくないから、どうか女将《おかみ》さんにも話を通してもらいたいと、おれはそう申し入れたんだよ。そしたら、さっそく今日、向こうさんの方から出向いて来て、話し合いになったのよ」

両膝《りょうひざ》に手を突いて、喜平次は背筋を伸ばした。

「まぁ、世知辛《せちがら》い世の中で、きちんと筋目を通そうとなすった向こうさんには感心しましたよ」

そう言って、お勢は小さく何度も頷いた。

「返事はなんと」

又十郎は身を乗り出した。

「わたしがどうこういう筋合いじゃありませんから、すべて喜平次さん次第ですといいましたよ」

「なるほど」

又十郎は喜平次に眼を転じた。

「わたしはね、喜平次さんならはっきり断るもんだと思っていたら、なんてことはない、少し考えさせてくれなんて返答するじゃありませんか」

喜平次が口を開く前に、お勢が無念さを吐き出した。

「どうしてだ」

喜平次を向いて、又十郎は意外そうな声を発した。

喜平次は何か言いたそうにしたのだが、それを遮るように、

「給金がうちより高いと聞いて、心が揺れたんでしょうよ」

お勢が鋭く言い放った。

「そうなのか」

又十郎の問いかけにどう返答しようか迷ったようだが、喜平次はふうと、軽く息を吐くと、小さく頷いた。

〜とんとん唐辛子《とうがらし》、ひりりと辛いは山椒《さんしょ》の粉、すはすは辛いは胡椒《こしょう》の粉、芥子《けし》の粉、胡麻《ごま》の粉、陳皮《ちんぴ》の粉〜

唐辛子売りの口上が表から聞こえ、やがてゆっくりと遠のいて行った。

「喜平次さんがまさか、お金で転ぶような、そんなお人だとは思いもしませんでしたよ」

お勢の口から、ため息交じりのぼやきが洩《も》れ出た。

ふうと息を吐いた喜平次が、がくりと首を折った。

「わたしには、板場に入れと声を掛けておきながら、自分は『伊和井』を出て行くなんてことがあっていいものだろうか」

又十郎は、穏やかな口ぶりながら、やや皮肉を込めて物申した。

「おれはまだ、向こうに行くとは決めてねぇよっ」

強い口調で反発した喜平次は、弾《はじ》かれたように立ち上がると、さらに何か言おうとしたが言葉が見つからないのか、何も言わず、帳場を飛び出して行った。

「あれだけ言やぁ、少しは応《こた》えたでしょうよ」

そういうと、お勢はふふと、小さく笑った。

「それじゃ、わたしは」

又十郎が立ちかけた時、廊下に、おこんと佐江《さえ》が現れて、座り込んだ。

「どうしたんだい」

お勢が問いかけると、

「お佐江ちゃんが、田舎の親に便りを出したいというんですけど、番頭さんの姿がないもんだから」

「番頭さんなら、室町《むろまち》の方に行ってもらってるけど」

お勢が、おこんにそう返事をした。

「お佐江ちゃんとしては、誰かに代筆を頼みたいのだけど、お蕗《ふき》さんもあたしも字は書けないし、だからって女将さんの手を煩わすのは申し訳ないといいますので、お蕗さんたちと話し合って、ここはひとつ、武家勤めをしたことのあるという香坂さんにお願いしたらどうかってところに落ち着きまして、その」

そこまで口にしたおこんは、佐江の膝をそっと叩《たた》いた。

佐江は、声にはならなかったが、『あ』という口の形をして、発条《ばね》仕掛けの人形のように身体《からだ》を倒し、廊下にひれ伏すと、

「お願い出来ないでしょうか」

と、声を絞り出した。

「もう手を上げなさい」

又十郎が、ひれ伏した佐江に穏やかに声を掛けた。

両手を突いたまま、佐江は顔だけを上げた。

「便りの代筆くらい、いつだって引き受けるよ」

又十郎が笑顔で頷くと、

「ありがとう存じます」

佐江は、再びひれ伏した。


『伊和井』の建物の裏手近くにある物置部屋は、案外明るかった。

長持ちや衝立《ついたて》、重ねられたお膳、行灯《あんどん》が置いてあり、冬場に使う火鉢や炬燵《こたつ》の櫓《やぐら》もある。

又十郎は、開け放した障子戸《しょうじど》の近くに文机《ふづくえ》を置いて、紙に筆を走らせていた。

その横に座った佐江は前屈みになって、又十郎の筆を持つ手に見入っている。

障子戸の外は、隣家との境にしつらえられた板塀が間近にあるが、人ひとりが楽に通れるくらいの余地があって、刻限によっては日も射し込むようだ。

「入るよ」

外からおこんの声がするとすぐ、廊下の板戸が開いて、女中のおこんとおときがわらわらと入り込んだ。

「便り、書けたのかい」

おこんが文机の傍《そば》に座り込むと、おときは佐江の背後に立って、覗《のぞ》き込んだ。

文末に『さえより』と書き終えると、

「これは、さえよりという文字だ。これで、書き終えた」

又十郎は、佐江が口にした文言を認《したた》めた半紙二枚を差し出した。

「ありがとうございます」

佐江は、半紙の文字を、輝く眼で見た。

「なんて書いてもらったのさ」

おときに尋ねられた佐江は、照れたように笑みを浮かべただけだ。

「元気に働いていると書いたよ。それに、『伊和井』のみんなが親切にしてくれるともね」

又十郎が代弁すると、おこんとおときが、佐江が見ている半紙に顔を近づけた。

「へぇ、そういうことが、ここに書いてあるのかぁ」

感心したおこんが、はぁと息を吐いた。

実際、佐江の口述には一片の愚痴もなかった。

『伊和井』の女将も奉公人たちも気がいいのは、又十郎も実感していることだった。

柳橋《やなぎばし》には綺麗《きれい》な芸者衆がいて、それを間近に見られると書いて欲しいと又十郎に頼んだ時の佐江の表情は、江戸で働く喜びに満ちていた。

「この文は、どこか、近くの飛脚にでも頼むのかな」

「飛脚なんか使わないよぉ」

大きな声を上げたおこんが、右手を横に振った。

「しかし、飛脚を使わないで、どうやって親元に文を届けるんだ」

首を捻《ひね》った又十郎は、ぽつりと口にした。

「わたしの在は、荒川を上った桶川《おけがわ》で、お佐江ちゃんは綾瀬川《あやせがわ》の上の方の蓮田《はすだ》だから、そこから江戸に来る通船《かよいぶね》の、顔見知りの船頭やら人足に頼んで運んでもらうんですよ」

おこんが、事も無げに言った。

「わたしの生まれは下総《しもうさ》だけど、便りをしようにも、もう親はいないからねぇ」

おときの声に湿っぽさはなかった。

通船というのは、穀物や蔬菜《そさい》の類《たぐい》を江戸に運んでくる荷船のことだった。

見沼《みぬま》代用水といって、利根川《とねがわ》から水を引き入れ、白岡《しらおか》、蓮田、岩槻《いわつき》を通って、荒川《あらかわ》、芝川《しばかわ》、綾瀬川へと繋《つな》ぐ水路があり、江戸近郊にはこのように川と川に水路が設けられ、船を縦横に行き来させる水運に恵まれているのだと、おこんが話してくれた。

その水運のお蔭《かげ》で、忍《おし》や岩槻の牛蒡、日光《にっこう》の長芋はじめ、柿渋《かきしぶ》、藍玉《あいだま》、煙草《たばこ》の葉など、各地の名産が通船によって江戸に運ばれているという。

大川の畔《ほとり》の『伊和井』で長年奉公しているおこんの頭には、喜平次や近郊から江戸にやって来る各地の船頭たちの話が詰め込まれているに違いない。

飛脚を通さずに文を託せる――その言葉が、又十郎のなかで大きく膨らみはじめていた。

二

東の空に日が昇ってから一刻ほどが経《た》っている。

夏の盛りなら、朝から降り注ぐ日射しに閉口する時分だが、七月下旬にもなると、刺すような鋭さは衰えていた。

『伊和井』の女中、佐江が親元に出すという便りの代筆をしてやった翌日である。

菅笠を被った又十郎は、肩に担いだ釣竿《つりざお》に魚籠《びく》の紐《ひも》を引っかけて提げ、鉄砲洲富士《てっぽうずふじ》のある湊稲荷《みなといなり》近くに架かる稲荷橋を渡り始めた。

この日、『伊和井』を休むことは、昨夜申し入れて、お勢と松之助《まつのすけ》親方の許しは得ていた。

日の出間近に鉄砲洲築地《つきじ》に着いた又十郎は、明石河岸《あかしがし》で釣り糸を垂らした。

半刻ほどの間に、めじな二尾と石鯛《いしだい》一尾、それに鰺《あじ》を一尾釣り上げただけで、切り上げた。

この日の目的は、釣りではなかった。

築地での釣りの行き帰りに時々通る、霊岸島に立ち寄りたかったのだ。

稲荷橋を渡り、越前堀《えちぜんぼり》に架かる高橋《たかはし》に足を向けた又十郎は、笠の下からさりげなく辺りに目を走らせた。

釣り場から引き揚げる際にも、付ける者がいないか確かめてはいたが、ここまでの道中、伊庭精吾《いばせいご》の配下の者に付けられている気配はなかった。

又十郎は、高橋を渡って霊岸島に足を踏み入れた。

東湊町《ひがしみなとちょう》を突っ切って越前松平《えちぜんまつだいら》家中屋敷の入堀に出ると、東湊河岸を西へと曲がった。

霊岸島というのは、日本橋川《にほんばしがわ》の下流に当たる新堀《しんぼり》と越前堀に挟まれた大川沿いの島で、箱崎《はこざき》の南、茅場町《かやばちょう》や八丁堀《はっちょうぼり》の東に位置しており、江戸の水上交通の拠点と言えた。

堀や川沿いには、様々な荷を船から下ろしたり積み込んだりする河岸が至る所にあり、その近隣には、酢や醬油、酒などの問屋をはじめ、諸国の廻船《かいせん》問屋の出店もあって多くの船が出入りする、荷物の集散地でもあった。

朝暗いうちから、河岸には小舟がひしめき、荷を積み下ろす人足たちの声が響き渡り、道は荷車や棒手振《ぼてふ》りが競うように走り回る。

日の昇った五つ半（九時頃）ともなると、戦場のような早朝の激しさは落ち着いているが、それでも、表通りや小路のそこここに、戦の名残《なごり》のようなぞめきが漂っていた。

入堀に沿って東湊町一丁目の丁字路《ていじろ》まで歩を進めた又十郎は、軽く笠を持ち上げて、多くのお店者や荷車が行き交う通りの左右に眼を遣った。

又十郎の動きを気にする者がいる様子はなく、丁字路を右へと曲がった。

行き交う人の間を縫うように進む又十郎の眼に、銀町《しろがねちょう》四丁目にある廻船問屋、『丸屋《まるや》』の看板が見えた。

人の流れに紛れて近づいた又十郎は、するりと『丸屋』の土間に足を踏み入れた。

すぐに戸袋の陰に身を寄せて通りを窺《うかが》ったが、不審な者の姿はなかった。

「なにかご用でしょうか」

外を窺う又十郎の背後から声が掛かった。

土間の奥の板張りにある帳場格子《ちょうばごうし》に座っていた、四十半ばの男が軽く腰を浮かせて又十郎を見ていた。

「これは済まぬ。石見国浜岡《いわみのくにはまおか》の『丸屋』と知って立ち寄ったのだが」

又十郎は慇懃《いんぎん》な口を利いた。

「それはそれは」

帳面の下がった帳場格子から出た男が、土間近くで膝を揃えた。

羽織っている茶色の半纏《はんてん》の襟に、白く『丸屋』の字が染め抜かれている。

「わたしは、『丸屋』の江戸店の番頭、吉兵衛《きちべえ》と申します」

吉兵衛は、上体を少し前に倒した。

「実は先月、わたしの知り合いの船人足から、『丸屋』さんの船の水主《かこ》という、貞二《ていじ》さんを引き合わされまして」

と、又十郎は話を切り出した。

その時、お互い石見国の生まれだと分かって意気投合したのだと打ち明けた。

貞二が江戸にいる間に二度ほど酒を酌み交わしたが、浜岡に向けて船出をするという七月六日は、急用があって見送りに行けなかったことが今でも悔やまれるのだと、又十郎は切々と訴えた。

「水主の貞二は、度々江戸に来ますんで、わたしも存じておりますよ」

吉兵衛は顔を綻《ほころ》ばせた。そして、

「あなた様も石見のお方で」

「ええ。しかも、貞二さんが生まれたという大瀬戸島《おおせとじま》のある浜岡生まれです。ところがわたしは、隣国、伯耆国《ほうきのくに》の、ちと名は憚《はばか》られるが、とある家中に仕官していたのですが、ゆえあって浪人となり、半年前、江戸に下って来たようなわけでしてな」

　又十郎は、話を作った。

「さようでしたか」

　吉兵衛は、小さく何度も頷いた。

「それで、こちらに立ち寄った用向きだが」

「はい」

　吉兵衛は、又十郎の方に軽く身を乗り出した。

「江戸を離れた七月六日、霊岸島で見送れなかった詫《わ》びなりを認めて、貞二さんに文を送りたいのだが、宛所《あてどころ》が分からぬ。それで、江戸からの船に託し、浜岡の『丸屋』さんに着いた文を、貞二さんに手渡してもらうというようなことが、出来るのかどうかを伺いたいのだよ」

　腋《わき》の下に汗を滲《にじ》ませて、又十郎は用件を述べた。

「あぁ、そういうことならなんの障りもございません」

　吉兵衛は、あっさりと言ってのけた。

　江戸と京、大坂、それに浜岡とは二、三日に一度は早飛脚が立つという。

その他に船便もあるので、文の一通くらいは請け合うと吉兵衛は頷いた。

「恐れ入りますが、あなた様は」

吉兵衛に尋ねられて、又十郎はほんの少し逡巡《しゅんじゅん》したが、

「神田《かんだ》八軒町《はちけんちょう》、『源七店《げんしちだな》』の香坂《こうさか》又十郎というのだが」

思い切って口にした。

「香坂様ですね。わたしがここにいない時でも、もう一人の番頭に話を通しておきますので、いつでもどうぞ」

そう言って微笑《ほほえ》んだ吉兵衛は、浜岡で同心頭を務めていた又十郎の名は知らないと思われる。

「わたしは江戸の生まれで浜岡を知らないのですが、去年死んだ父親は、二十の年に浜岡を離れて江戸店で奉公した人ですから、同郷の人がお出《い》でになったなどと話せば、喜んだに違いありませんよ」

吉兵衛が、しみじみと口にした。

「文は、出来次第こちらに届けるつもりですが、急な用事でわたしが伺えない時は、同じ長屋の喜平次という者か、太吉という十五の若者に持たせるので、ひとつよろしゅう」

又十郎は、丁寧に頭を下げた。

眼を覚ますと、寝転んでいた又十郎はゆっくりと身体を起こした。

神田八軒町の『源七店』の路地に西日が射していた。

日射しの加減から察するに、ほどなく七つ半（五時頃）という頃おいだろう。

眠るつもりはなかったのだが、つい転寝《うたたね》をしてしまったようだ。

夕刻間近い『源七店』は静かだった。

長屋に残っているのは夜鳴き蕎麦屋《そばや》の友三《ともぞう》と、寝込むことの多い女房のおてい、それに大家の茂吉《もきち》くらいだと思われる。

この日、朝の釣りに出掛けた帰り、霊岸島の廻船問屋『丸屋』に立ち寄った又十郎は、『源七店』に帰ってからが大忙しだった。

数としては大した釣果《ちょうか》ではなかったが、秋とはいえ日中はまだ暑く、傷みやすい生ものは早めに調理しておきたかった。

昼餉《ひるげ》を摂《と》るのも忘れて、めじなと石鯛は煮付けと塩焼きにし、鯵は膾《なます》にした。

長屋の住人が仕事から戻ったら、夕餉の膳にと分けてやるつもりだった。

魚を調理し終えた八つ（二時頃）になって、又十郎は家で墨を擦《す》り、廻船問屋『丸屋』の江戸店の番頭、吉兵衛に託す貞二への文を認めた。

文は、都合三通だった。

一通は貞二宛《あて》だったが、内容は、同封した二通を浜岡の豊浦《とようら》に住む漁師、勘吉《かんきち》に届けてもらいたいという頼み事だった。

初対面の時、貞二は勘吉を知っていると言っていた。

貞二の兄貴分と勘吉は幼馴染《おさななじみ》なので、豊浦の家に行ったことがあるとも話したことを又十郎は覚えていた。

勘吉宛の文には妻、万寿栄《ますえ》宛の文を添え、実家に届けてもらいたいと認めた。

実家の兵藤《ひょうどう》家に戻っている万寿栄のもとに飛脚便が向かえば、国元の組目付の眼に留まる恐れがあった。

旧知の漁師が魚を届けに来たという風を装えば、怪しまれることはあるまいという、用心だった。

万寿栄への文には、細かい事情は書かず、密命を受けて動いていることと、そう遠くない日に帰国が叶《かな》うはずだと認めた。

これで、霊岸島の廻船問屋『丸屋』に届けられる――三通の文を揃えた安堵《あんど》からか、ごろりと横になった又十郎は眠ってしまったようだ。

路地の方から、物音がした。

土間に下りた又十郎が路地に顔を突き出すと、夜鳴き蕎麦の屋台近くにしゃがんだ友三が、抽斗《ひきだし》に箸《はし》を並べていた。

又十郎はすぐに皿を出し、鍋《なべ》から切り身の煮付けを取って載せ、小鉢には膾を入れた。

「ほんの少しだが」

おすそ分けの器をお盆に載せた又十郎は、路地に出て、友三の傍《そば》に立った。

「いつもいつも、悪いね」

友三が腰を伸ばした。

「中に置いておくよ」

又十郎は、友三の家の土間に入り込むと、上がり框《がまち》に煮付けの皿と膾の小鉢を置いた。すると、

「いつも、ありがたいことで」

か細いおていの声がした。

てっきり眠っていると思い込んでいたが、板張りの奥側に敷かれた薄縁《うすべり》に横になっていたおていの顔は、微笑んでいた。

「今日は具合がいいからと、ずっと起きてるんですよ」

友三が土間に入ってくると、

「煮付けと膾を頂いたが、食べられそうか」

「ええ、なんだか、食べたくなりましたよ」

おていは、細い声ではあるが、しっかりと返事をした。

「そいじゃ、出掛ける前に食べさせてやるよ」

土間を上がった友三が、壁際の茶簞笥《ちゃだんす》の上に皿と小鉢を載せた。

「何もありませんが、ま、どうぞ」

友三は座りながら、上がり框を手で指した。

「もし、おていさんに薬湯を作ることがあるなら言ってもらいたい。今夜はもう出掛ける用事はないから」

そう言いながら、又十郎は框に腰を掛けた。

「薬湯は土瓶に作っておきましたから、枕元《まくらもと》に置いてから商売に出ます」

小さく頭を下げた友三が、

「そうそう。喜平次さんに聞きましたが、同じ船宿の板場に入ったそうですが、どうですか」

と、心配そうに問いかけた。

「いやぁ、己一人気ままに作るのとは違うもので、まだ慣れませんなぁ」

「香坂さんの包丁の腕なら心配はありませんが、船宿みてぇに奉公人がいっぱいいると、なかなか思うようにはねぇ」

友三の物言いに、同情の色があった。

「いや、女将にしろ古手の奉公人にしろ、気の置けない人たちなんだが、一人、板場の親方がね」

そう口にして、さらに、

「六十くらいの親方なんだが、船宿の女将がわたしを雇い入れたのは、自分をお払い箱にしたいからじゃないかと思い込んでるようで、こっちの居心地が悪いというか」

又十郎は苦笑いを浮かべた。

「年を取ると、多かれ少なかれ、僻《ひが》むもんです。人のことは、とやかく言えませんがね」

そう言って、友三は小さくふふと鼻で笑った。そして、

「その親方という人は、大方、寂しいのじゃありませんかねぇ」

ぽつりと洩らした。

「今日は早いね」

井戸端のほうから、茂吉の声がすると、

「日が高いうちに結構売れたんで、切り上げることにしましたよ」

針売りのお由《よし》の明るい声がした。

間を置かず、路地を通りかかったお由が戸口の外で足を止め、

「なにごとですか」

と、家の中に顔を突き入れた。

「魚の煮付けを届けたついでに、友三さんと世間話を」

又十郎はそう返答して、腰を上げた。

「おや、おていさん、起きてるじゃないか」

「今日は、なんだかねぇ」

おていが、横になったままお由に向けて微笑んだ。

「それじゃ」

又十郎が友三の家から出ると、

「着替えて湯屋にでも行こうかしら」

と、そう言いながら、お由も路地に出て来た。

「切り身の煮付けだが、お由さんの分もありますので、ちょっと寄って行きませんか」

又十郎が家の中に足を踏み入れると、お由は戸口の外で待った。

水屋から皿を出して、それに鍋の煮付けを一切れ載せると、又十郎はお由に手渡した。

「皿はいつでもいいので」

「頂きます」

お由は笑みを浮かべると、皿を持ったまま向かいの家の中に入って行った。

又十郎が土間から板張りに上がろうとしたとき、戸口に人影が立った。

嶋尾久作の用件を又十郎に取り継いでいる、蠟燭屋《ろうそくや》『東華堂《とうかどう》』の手代、和助《わすけ》だった。

「ちょっと、ご足労願いたいのですが」

和助は丁寧な物言いをして、小さく腰を折った。


神田川の両岸は、赤みを増した西日を浴びている。

『源七店』を後にした又十郎は、先を行く和助に続いて、神田川に架かる和泉橋《いずみばし》を渡った。

和助は、川の南岸の柳原《やなぎわら》土手を右へと折れ、一町（約百九メートル）ほど先にある柳森稲荷《やなぎもりいなり》の境内《けいだい》へと入り込んだ。

柳森稲荷は神田八軒町の『源七店』からほど近いところにあった。

日は既に神田駿河台《するがだい》の西方に沈んでおり、柳原富士《やなぎわらふじ》と呼ばれている富士塚のある境内は翳《かげ》っていた。

その翳った富士塚の横手から、ふたつの人影が現れた。

横目頭《よこめがしら》の伊庭精吾と、配下の横目、団平《だんぺい》だった。

「ここでよいぞ」

伊庭が声を掛けると、一礼して和助は境内から出て行った。

又十郎は、内心穏やかではなかった。

今朝、霊岸島の廻船問屋『丸屋』に入ったのを見られたのだろうかと、気が気ではない。

「丸腰で来たか」

和助が去るとすぐ、伊庭が軽く舌打ちをした。

「和助はわたしに、何も言わなかったが」

どうやら『丸屋』に関する用ではないと感じた又十郎は、少し強気に出た。

「今夜、あるところに詰めてもらう。わたしは一足先に行くが、その方は刀を差して団平とともに来られよ」

伊庭は、表情一つ変えず又十郎に命じ、

「団平、よいな」

と、団平に声を掛けると、稲荷の外へと足早に歩き去った。

「それじゃ、長屋の方へ」

団平は軽く頭を下げて、又十郎を促した。

又十郎は、団平の先に立って、最前通った道を引き返した。

「わたしは、ここでお待ちしますので」

『源七店』へと向かう小路の入口で、団平は足を止めた。

目付《めつけ》の嶋尾久作の言いつけなのだろう、横目たちが又十郎の住まいに近づくことはなかった。得体の知れない者が近づいて、又十郎が住人たちの不審を買うことを恐れているのだ。その用心のために、和助が取り継ぎ役になっている。

又十郎が『源七店』の木戸を潜《くぐ》ると、

「今日の休みは、釣りに行くためでしたか」

井戸端で、下帯一つになって汗を拭《ふ》いていた喜平次から声が掛かった。

「あぁ、そうだ。わたしはすぐに出掛けるから、魚の塩焼きと膾を家の中に置いておくよ」

そう言いながら通り過ぎた又十郎は、家の土間を上がると、部屋の隅に立て掛けていた刀を腰に差した。

「魚はおれが受け取りますよ」

土間に、下帯ひとつの喜平次が立った。

又十郎は、小鉢に分けた膾と、塩焼きにした石鯛の切り身を盆に載せて、喜平次に手渡した。

「商家の荷船にと声が掛かってる話は、その後どうなってるんだ」

「うん。考えてる最中だよ」

返事をした喜平次の声には、張りがなかった。

「あ、そうだ」

急に思い立って、又十郎はつい声を出した。

押入れを開けた又十郎は、柳行李《やなぎごうり》の中から『貞二殿』と表書きをした文を取り出した。

「なにも、今日でなくてもいいのだが、霊岸島の方に行くついでがあれば、これを、銀町の廻船問屋『丸屋』の番頭、吉兵衛さんに届けてもらいたいのだ」

又十郎は、貞二宛の文を喜平次の前に差し出した。

米粒で糊《のり》をした表書きの中には、勘吉と万寿栄宛の文も入っている。

「これから出掛ける用事が早く済めばいいのだが、もしかすると、明日は遅番の刻限ぎりぎりに『伊和井』に行くことにもなるかもしれないのでな」

「わかった。預かるよ」

喜平次は深く詮索《せんさく》することなく、取次ぎを引き受けてくれた。

「その代わり、いつか、酒をご馳走《ちそう》になりますよ」

「お安い御用だ」

又十郎は、喜平次の要求を喜んで飲んだ。

三

大川に架かる両国橋《りょうごくばし》は、長さが九十六間（約百七十三メートル）もある大橋である。

『源七店』を後にした又十郎が小路に出ると、

「ここからは、わたしがご案内します」

と、先に立った団平は、両国橋へと足を向けたのである。

丸く盛り上がった両国橋の真ん中あたりから望める永代寺《えいたいじ》門前辺りは、薄墨がかかったように翳《かげ》り始めていた。

「どこへ行くんだ」

又十郎は声を掛けたが、案の定、返事はなかった。

返事の代わりかどうか、橋を渡り切った団平は、東広小路を左へと曲がって駒留橋《こまどめばし》を渡り、大川東岸の道を上流の方へと、ひたすら歩を進めた。

四半刻《しはんとき》（約三十分）ほど歩くと、辺りはすっかり暮れた。

対岸に見える黒々とした建物の群れは、浅草御蔵である。

暗い川面に薄明かりを映しながら、一艘の屋根船がゆっくりと下って行った。

団平の後ろに続く又十郎は、行く手にある屋敷の塀際に聳《そび》えている大木に眼《め》を留めた。

「あの高い木は何かな」

又十郎は、声を低めて問いかけた。

「椎《しい》の木ですよ」

団平から、即座に返事が来た。

これが話に聞いたことのある椎の木か――又十郎は腹の中で呟《つぶや》いた。

武家屋敷に立つ椎の木のことを教えてくれたのは、大川を船で上り下りする、船頭の喜平次だった。

椎の高木があるのは、南本所《みなみほんじょ》の御米蔵に隣接する、肥前平戸新田藩《ひぜんひらどしんでんはん》、松浦豊後守《まつらぶんごのかみ》家の上屋敷で、椎ノ木屋敷とも呼ばれているということだった。

その屋敷の塀に差し掛かると、椎の木が塀越しに枝を広げた下方に、鳥追笠《とりおいがさ》を目深に被って立つ女の影が見えた。

団平は気にも止めずに通り過ぎたのだが、被っている鳥追笠に手を遣って小さく動かした女の仕草が、又十郎にはさりげない会釈のように映った。

何のためかは分からないが、伊庭精吾が配下の横目をこの近辺に潜《ひそ》ませているのだろうか。

又十郎は団平に続いて、大川の東岸の道をさらに上流へと向かった。

御厩《おうまや》河岸《がし》の渡し場や竹町《たけちょう》の渡し場も過ぎた。

やがて、浅草と本所を結ぶ大川橋《おおかわばし》の袂《たもと》も通り過ぎると、源森橋《げんもりばし》の袂を右に曲がって、源森川に沿うようにある中之郷瓦町《なかのごうかわらまち》を、東へと進んだ。

この一帯は、瓦を焼く窯《かま》が多くある。

そのうえ、大名家の下屋敷など武家屋敷も多く、繁華な浅草に近いとは言え、日が落ちるとうら寂しさが漂う。

源森川の北側には水戸《みと》中納言家の広大な蔵屋敷があり、又十郎が歩く川沿いからは、蔵など、建物の屋根が黒い影となって望めた。

源森橋からひとつ先の橋の袂を過ぎたところに、なんの変哲もない蔵が二棟、川に面して並んで建っていた。

奥の方にある蔵の前に立つと、団平が如何《いか》にも頑丈そうな扉を、軽く三回叩いた。

すると、重々しげな音をさせて、中から扉が片側に引かれて開き、団平に促された又十郎は先に立って蔵の中に足を踏み入れた。

すぐに団平も入ると、戸口にいた者が扉を閉めた。

蔵の中は土間になっていたが、片隅には板張りがあって、そこに階上への階段が掛かっており、その階段の一段目に置かれた手燭《てしょく》が、唯一の明かりだった。

「どうも、お久しぶりで」

扉を閉めた者が、又十郎に向かって声を掛けて来た。

階段の手燭の薄明かりに浮かんだ顔は、横目の一人、辰二郎《たつじろう》である。

「ここで待ちます」

団平が低い声を出した。

「ここで、何を待つんだ」

又十郎が尋ねると、

「時をですよ」

抑揚のない低い声で答え、団平は板張りの框に腰を掛けた。

又十郎も団平から少し離れて、框に腰を掛けた。

入ってすぐには気づかなかったが、蔵の奥に、小船が一艘浮かべてある船入《ふないり》があった。源森川から船ごと蔵の中に入れるようになっているのだろう。

「この蔵の持ち主は、誰なのだ」

又十郎は、思わず口にしたが、団平から返事はなかった。

草鞋《わらじ》履きのまま土間を上がった辰二郎は、階段に置かれた手燭の油皿に油を足した。

階段の掛かった二階に何があるか気になったが、又十郎が尋ねても、おそらく二人からはなにも聞き出せそうもなかった。

水の音が微《かす》かに耳に届いている。

大川までは隔たりがあるから、きっと源森川の水音だろう。

風に波立った流れが、川岸にぶつかっているのかもしれない。

四つ（十時頃）を知らせる浅草寺《せんそうじ》の時の鐘が鳴ってから、そろそろ四半刻が経《た》つ時分である。

又十郎が中之郷瓦町の蔵に入ってから、一刻半（約三時間）が過ぎたと思われる。

その間、団平と辰二郎は、短い刀の刃の具合を見たり、忍びの者が用いる苦無《くない》を研いだりしていた。

国元で同心頭をしていた時分、役所の蔵に保存されていた忍びの道具一式を見た覚えがあった。

「なにか、争いが起きるのか」

何もすることのなかった又十郎は、辰二郎が用意していた握り飯を腹に納め終えると、団平に声を掛けた。

団平も辰二郎も、膝の辺りまでの細身の四分《しぶ》袴《はかま》を穿《は》き、脛《すね》には脚絆《きゃはん》を巻いて、動きやすい装《な》りをしているのも気になっていた。

「我らは、争いが起ころうが起こるまいが、いつでも備えるのですよ」

そう返事をした団平が、ふと耳を澄ました。

手燭の明かりを息で吹き消した辰二郎も耳を澄ました。

蔵の中が真っ暗になった。

「大方《おおかた》、おれんかと」

辰二郎が囁《ささや》いてからほどなく、源森川に面した船入から、鳥追笠を被った女の影が蔵の中に入り込んだ。

「れんです」

女の影が口にした名に、又十郎は心当たりがあった。

江戸に着いて間もない四月の半ば過ぎ、目黒不動《めぐろふどう》近くの旅籠に詰めていた又十郎は、伊庭精吾のもと、義弟、数馬《かずま》の消息を探っていたおれんを見かけていた。

辰二郎が手燭に火を付けると、鳥追笠の下に見覚えのある顔があった。

先刻、椎ノ木屋敷の塀際に立っていたのも、おれんだったようだ。

「なにがあった」

団平が、低いが鋭い声を発した。

「川を上る二艘の荷船に、怪しい船が近づこうとしておりますっ」

おれんが、緊迫した声を発した。

「場所は」

団平が低く鋭く問うと、

「丁度、浅草御蔵を過ぎた辺り」

すぐにおれんが返答した。

団平の声に反応した辰二郎が、船入に浮かんだ猪牙船の舫《もやい》を急ぎ解いた。

「辰二郎、船を」

「香坂様もお乗りください」

団平から鋭い声が飛んで来た。

蔵の隙間《すきま》や船入の出入り口から射し込む月明かりに、船入へと急ぐ団平とおれんの影が見えた。

その影の後に続いて、又十郎は猪牙船に飛び移った。

辰二郎は素早く棹《さお》を差し、船入から源森川へと猪牙船を突き出した。

又十郎ら四人を乗せた猪牙船は、源森橋を潜《くぐ》るとすぐ大川へ出た。

櫓《ろ》を漕ぐ辰二郎は、猪牙船の舳先《へさき》を下流へと向けた。

「荷船に異変が起きたのは、御厩河岸の渡しの辺りでした」

下流の方を睨《にら》んだおれんの声は低かったが、又十郎の耳にも届いた。

先を行く伊庭精吾の乗った船が、浅草御蔵近くに出来た砂地に乗り上げて動けなくなったのが事の起こりだと、おれんは告げた。

二艘の荷船が遡《さかのぼ》るのを見つけたら、異変がないかどうか、川端を歩きながら監視するのがおれんの務めだった。

「船人足が三人船を下りて、砂地に乗り上げた船を押し、船頭は棹を差したのですが、一向に動きません。伴六《ばんろく》と亥太郎《いたろう》の乗った船からも、船人足と亥太郎が下りて乗り上げた船を押したのですが、どうにもなりません」

おれんが口にした亥太郎を、又十郎は見知っていた。

膂力《りょりょく》にはそれなりに自信のあった又十郎だが、亥太郎の羽交い絞めには歯が立たなかった覚えがある。

「その時、伊庭様は、もう一艘の船だけでも中之郷の蔵に行けとお命じになったのです」

おれんは続けた。

亥太郎がもう一艘の船に乗り込んだ時、浅草御蔵の入り堀から出て来た船が、伊庭精吾や亥太郎らが乗り込んでいる二艘の荷船に迫って来たという。

「そこまで見て、わたしは急ぎ中之郷の蔵まで知らせに」

経緯《いきさつ》を話し終えて、おれんが大きく息を継いだ。

「浅草御蔵から出て来た船っていうのは、待ち伏せしてたのかもしれねぇ」

忙しく櫓を漕ぎながら、辰二郎がいうと、

「川船改めの船か、あるいは」

団平が呟いた。

「それじゃ、品川《しながわ》から備中《びっちゅう》屋の荷を運ぶことが洩れていたと」

「おれん！」

団平の鋭い声に、おれんは慌てて口をつぐんだ。

「団平さん」

櫓を漕ぐ辰二郎が、切迫した声を出した。

船の行く手に眼を向けた団平とおれんに倣《なら》い、又十郎も行く手の暗がりに眼を凝らした。

右手前方に、浅草御蔵の建物が黒々と横たわっている。

と、御蔵の入り堀の前に、三艘の猪牙船が舳先や船腹をぶつけ合うようにしてせめぎ合い、黒い影が幾つも入り乱れて刀を振り回したり、船から船へと飛び移ったりしている。

「急げ」

声を上げた団平が、眼の辺りだけ開けて、顔を布で隠した。

櫓を漕ぐ手を止めた辰二郎も、笠を外したおれんも同様に顔を隠した。

斬《き》り合いか――そう覚悟した又十郎は、着物の裾《すそ》を帯に挿し入れて前方に眼を向けた。

刀のぶつかる音や、叫び合う声が近づいて来た。

やがて、黒装束の襲撃者数人を相手に刀を振るう伊庭精吾と、伴六や亥太郎の姿が見えた。

得物を持たない船頭や船人足の多くは、川岸に向かって泳ぐか、船べりに捕まって身体を川に浸《つ》けている。

一人の船頭は果敢にも、襲撃者に向かって棹を振り回していた。

辰二郎の漕ぐ船が、川面の修羅場にさらに近づいた時、団平とおれんが、十字の手裏剣を次々と放った。

ギエッ、と、呻《うめ》くような声が上がり、黒装束の者が二人、川の中に倒れ落ちた。

辰二郎は櫓を操って、襲撃者たちの背後に回り込み、相手の船にぶつけた。

「辰二郎、来い！」

団平が叫び、辰二郎とともに伊庭の船に飛び移り、刀を振りかざしていた黒装束に襲い掛かって行った。

すぐに又十郎も飛び移ると、離れた船から、棹を使って飛んで来た黒い影の急襲を受けた。

咄嗟《とっさ》に身を屈めて避けたが、耳の近くで空気を切り裂く音がした。

身を屈めたまま腰の刀を抜いて、又十郎が横に薙《な》ぐと、甲板で足を踏ん張った黒装束の太腿《ふともも》をザクリと裂いた。

太腿を裂かれた相手はそのままよろけて、川の中に落ちた。

又十郎たちが駆けつけて優勢になると、三人の黒装束は乗って来た船に飛び移って、急ぎ下流へと逃げ去った。

船べりに捕まって川に浸かっていた船人足たちが、安堵して船に上がると、岸辺に避難していた連中も泳いで船に戻って来た。

「船人足たちは」

伊庭が見回すと、

「怪我《けが》をした者はおりますが、人数は揃ってます」

敵に向かって果敢に棹を振り回していた一人の船頭が答え、もう一人の船頭も、死んだ者はいないと返事をした。

「伊庭様、お怪我は」

「ない」

団平の気遣いに、伊庭が抑揚のない声で答えた。

「来てくれて助かったよ」

伴六は、団平と辰二郎にそう言うと、大きく息を吐いた。

「香坂様は一人お斬りになった」

おれんの声がしたが、誰からも反応はなかった。

「逃げ去ったのが三人ということは、三人は斬り倒した勘定だな」

独り言のように呟いて、伊庭精吾は暗い川面をぐるりと見やった。

四

翌二十六日、神田八軒町は朝から雲に覆われていた。

朝日がいつ昇ったのかも分からないくらい、ぶ厚い雲だった。

又十郎が目覚めたとき、『源七店』はしんと静まり返っていた。

手拭《てぬぐ》いを手にして井戸に向かいながら様子を窺《うかが》うと、向かいのお由も、隣家の富五郎一家も、喜平次もとっくに仕事に出て行った後のようだった。

家の前に置いた鉢植えの花に水をやっていた大家の茂吉に刻限を尋ねた直後に、日本橋の時の鐘が鳴りはじめ、

「五つ（八時頃）ですよ」

茂吉から、そんな声が返って来た。

「昨夜は遅かったようですね」

「あぁ、そうなんだ」

茂吉にそう答えて、又十郎は井戸端に立った。

昨夜、伊庭精吾たちの乗る荷船を襲った者たちを蹴散《けち》らした後、砂地に乗り上げた船の荷を、又十郎たちが乗ってきた船に移し替えて源森川の蔵に向かい、横目と船人足達が二階へと運び上げた。

荷は、厳重に縄を掛けられた俵《たわら》や、包まれた菰《こも》の上から縄の掛けられた木箱で、中身が何かは分からなかった。

ずしりと重い物も、案外軽い物も混じっていた。

おれんがうっかり口にしたことで、品川の『備中屋』から運ばれた荷物だと推測は出来たが、又十郎にそのわけは分からない。

帰りは、源森川に面した蔵から辰二郎の漕ぐ船に乗せられ、柳橋の袂で下ろされた。

途中、砂地に乗り上げたままの船を見たが、

「そのうち上流で雨が降れば水かさが増して、船は浮き上り、流されて行きますよ」

辰二郎は他人事《ひとごと》のような口を利いた。

洗った顔を手拭いで拭き終わった時、はるか上空を何かが飛び過ぎた。

又十郎は、西の方へ飛んでいく椋鳥《むくどり》の群れが、隣家の屋根の向こうに消えるまで見送った。

間もなく八つになる頃おいだが、空の雲は依然として晴れない。

半刻前に『源七店』を後にした又十郎は、船宿『伊和井』へ行く前に、浅草福井《ふくい》町《ちょう》の蕎麦屋の暖簾《のれん》を潜った。

遅番のこの日、板場には八つまでに入ればいい段取りになっている。

昨日は夕餉の支度をしないまま本所に連れて行かれたので、今朝、食べるものはなにもなかった。

もり蕎麦一枚では物足りず、追加した一枚を食べて、やっと人心地がついた。

蕎麦屋を出た又十郎が、表通りから小路に曲がった時、『伊和井』の裏手から、薬箱を下げた医者が出て来た。

すれ違ってから振り向くと、表通りに出た医者は浅草の方へと曲がった。

「今日も、よろしくお願いします」

板場の土間に足を踏み入れた又十郎は、板張りで休んでいた松之助と弥七郎に声を掛けた。

弥七郎は笑みを浮かべて小さく頷いたが、松之助はなんの反応も示さず湯呑《ゆのみ》を口に運んだ。

「それじゃ、支度を」

又十郎が、土間の隅で草履を脱いで板張りに上がると、

「やっぱり香坂さんの声か」

廊下から板張りに入り込んだ喜平次が、そういうと、

「納戸に入っても、人が寝てますから驚かないで下さいよ」

とも続けた。

「たった今、医者が出て来るのを見たが、誰か、具合でも悪くしたのか」

「とにかく、納戸に来てみて下さいよ」

先に立った喜平次に続いて、又十郎は台所の板張りを出た。

納戸は板場の隣りにある物置き場であり、料理人が着替えたり休んだりする控え所を兼ねていた。

喜平次に続いて納戸に入ると、板張りに敷かれた薄縁に寝かされている男の姿があった。

「ずっと眠ったままだね」

枕元で男の顔を覗き込んでいたお蕗が、誰にともなく呟いた。

「誰なんだ」

又十郎も、つい声をひそめた。

「ついさっき、神田川で船の支度をし始めた磯松《いそまつ》が、船と船の隙間に浮いていたこの

男を見つけて、おれと吾平《ごへい》と三人がかりで引き揚げたんですよ」

そう答えた喜平次は、さらに続けた。

「傷だらけでどうかと思ったんだが、細いながらも息があったんで、医者を呼んでもらいましてね」

喜平次の話を聞きながら、又十郎は眠っている男の顔をまじまじと見つめた。

はっきりとはしないが、年の頃は三十くらいだろうか。

寝ている男の傍に座った又十郎は、上掛けを少し捲《めく》った。

男が着ていたのは、どこにでもある鼠《ねずみ》色の棒縞《ぼうじま》の浴衣《ゆかた》である。

その浴衣の所々に血が滲《にじ》んでいる。

おそらく、『伊和井』の奉公人が着替えさせたに違いない。

「この男は、どんな格好をして神田川に浮かんでたんだね」

又十郎は、同心の調べのような口調が出ないよう、努めてさりげなく二人に問いかけた。

「上も下も黒い装束だったな。下は、足首の所を絞った、ええと」

「裁着袴《たつつけばかま》ですよ」

お蕗が、言葉に詰まった喜平次に助け舟を出した。

又十郎は、昨夜の大川で、剣を交えた襲撃者の一団が身にまとっていた黒装束を思い出していた。

『伊和井』の板場は、夜の五つ時分には大方静かになる。座敷で酒宴が開かれたり、商談や会合のあとに夕餉の膳を出したりすることがあっても、料理を作る板場が忙しいのは六つ半（七時頃）くらいまでだ。

料理を出し終えたら、鍋釜《なべかま》や笊、桶《おけ》を洗い、包丁の手入れをする。器洗いや膳の片づけは、手隙の女中が手伝ってくれるので、板場の料理人は大いに助かる。

桶や笊の水気を拭いて棚に載せた又十郎は、竈《かまど》に乗った釜に柄杓《ひしゃく》半分の水を足した。

板場の仕事が終わっても、三つある竈のうちのひとつは、いつも薪《まき》が燃え尽きるまで火は消さないことになっている。

泊まりの客が、夜中、湯が欲しいと言い出すことがあるのだという。

板場の、開け放たれた戸の外から、三味線《しゃみせん》の音が流れ込み、ゆっくりと去って行った。

「新内《しんない》だな」

土間の真ん中にある調理台で握り飯を二つ作り終えた弥七郎が小さく呟いた。

握り飯を中皿に載せ、その脇《わき》に漬物を添えると、板張りで煙草の煙をくゆらせる松之助の近くに置き、蠅帳《はいちょう》を被《かぶ》せた。

「なんか、こちらでお呼びだとか」

前掛けを揺らして、佐江が板張りに現れた。

「今夜は、怪我人の傍に付くんだってな」

松之助が口にすると、

「何かあったら、女将さんを叩き起こす手はずになってます」

と、佐江は頷いた。

「夜中、腹が減った時のために握り飯を用意しといたから」

弥七郎が、蠅帳を指さした。

「ありがとうございます」

佐江は立ったまま、深々と弥七郎に腰を折った。

「けど、一人で大丈夫か」

「いや、弥七郎さん、わたしが朝まで付き合うつもりです」

そう言って、又十郎は小さく笑みを浮かべた。

「でも」

佐江は困ったような顔をした。

「家に帰っても待つような者はいないし、明日は早番だから、こちらの都合もいいんだよ。だから、気にすることはないんだ」

　又十郎の説明に、佐江は微笑んだ。

　納戸には角型の行灯《あんどん》の薄明かりがあった。

　薄縁に仰向けに寝ている男の額には、水で濡《ぬ》らした手拭いが載っている。

　枕元近くの板壁に背を凭《もた》れさせてうとうとしている佐江が、四半刻ばかり前に載せたものだった。

　又十郎は、横になっている男の足元近くに置かれた長持ちに背中を凭せて、胡坐《あぐら》をかいていた。

　男は半刻前、熱に浮かされたように呻き声を洩らしていたが、今は落ち着いて、微《かす》かに寝息を立てている。

「今夜は、お佐江ちゃんに付き合うんだってね」

　喜平次が板場に顔を出したのは、松之助や弥七郎が帰ってすぐだった。

　岡場所に行く男三人連れを、深川永代寺裏の十五間川《じゅうごけんがわ》まで運んで来たと言った。

「知り合いと飲むから誘おうと思ったが、怪我人の付添いじゃしょうがねぇ」

　そうぼやいた喜平次は、

「そうだ」

と、口にして、板場の戸口に向かいかけた足を止めた。

「昨日の夕刻頼まれた文ですがね、今朝方霊岸島に行く用事があったから、廻船問屋『丸屋』の番頭さんに手渡しておきましたよ」

そう言うと、喜平次は又十郎にひょいと片手を上げて、板場から出て行った。

『丸屋』の番頭、吉兵衛に文が渡った——そのことに、又十郎は胸のつかえがひとつ取れた思いがしていた。

浜岡の貞二にさえ文が渡れば、嶋尾久作に託す文には書けなかった内容を、これからは勘吉を通じて万寿栄に届けることが出来る。いうなれば、又十郎と万寿栄を繋ぐ海の道が通じるということである。

「あ」

小さく声を出した佐江が、凭れていた背中を起こし、

「今度寝たら、起こしてください」

と、又十郎に頭を下げた。

「四半刻も経ってないし、気にしなくていいよ。そんな時のためにわたしが付き合ってるんだから」

又十郎は笑みを向けた。

その言葉に嘘《うそ》はなかったが、気が付いた男の口から、昨夜の大川での出来事の背景

を聞き出せるかもしれないという思いが無くもなかった。

「夜食の握り飯はこっちに持って来たから、遠慮なくお食べよ」

又十郎は、佐江が座っている近くに置いてある握り飯の皿を指でさした。

「入るぜ」

板戸の外から、しわがれた声がした。

外からすっと戸が開いて、松之助が徳利《とっくり》を下げて納戸に入り込んだ。

「帰ったんじゃ」

又十郎がそう言いかけると、

「おれも一人暮らしだ。長屋へ帰《け》ぇったって、面白くもなんともねぇから、戻って来た」

松之助は寝ている男の足元近くに胡坐をかくと、徳利を床に置いた。

そして、懐に忍ばせていた湯吞を取り出して酒を注《つ》ぐと、口に運んだ。

「この前の文は、誰かに頼めたのかい」

声を低めた又十郎が、佐江を見た。

「はい。蓮田の先の柴山《しばやま》に帰るっていう船の人に、おこんさんが頼んでくれました」

小さな笑みを浮かべた佐江は、又十郎に頷いた。

「返事は来たのかな」

「いえ、まだ。うちの親は読み書きが出来ないから」

「だが、文を」

又十郎が訝《いぶか》ると、

「でも、お寺に行って、和尚《おしょう》さんに読んでもらって、それから返事を書いてもらうことになっているので」

佐江は苦笑いの顔を少し俯《うつむ》けた。

「お佐江ちゃんの在所の蓮田は、どういうところなのかな」

「江戸に比べたら、田舎です」

「そりゃぁ、そうだろうよ」

突然口を挟んだ松之助が、湯呑の酒をちびりと飲んだ。

「家は、何をしてるんだね」

又十郎は、さらに問いかけた。

「米作りと蓮根《れんこん》、それに、畑でゆり根なんかを」

そう返事をした佐江が、ふっと又十郎を見た。

「え」

又十郎が声にならない声を出すと、

「蓮田は、水辺が綺麗なんです」

佐江は、満面の笑みを浮かべた。

蓮田には、綾瀬川と元荒川《もとあらかわ》という二つの川が流れているという。黒浜沼《くろはまぬま》という場所では、夏になると蛍《ほたる》が飛ぶのだと言って、佐江は目を輝かせた。

「わたし、江戸に来て初めて海を見たんですよ」

小さく肩をすくめた佐江が、小声で微笑んだ。

「蓮田の少し先はもう、下野国《しもつけのくに》や常陸国《ひたちのくに》だからな」

松之助がまた口を挟んだ。

「江戸に着いた日、海を見たことがないと話をしたら、女将さんが見せてやると言って、喜平次さんの船に乗せて下さったんです」

口を挟んだ松之助のことは気にも止めず、佐江はその時の様子を嬉《うれ》し気に声にした。

「船に乗ったのは日の出前だったけど、大分明るくなってました。『伊和井』の前の神田川から乗り込んで、深川っていうところまで下ったら、川が急に広くなって、眼の前にある陸地は、石川島《いしかわじま》っていう島だっていうことでした。海は、その石川島のずうっと先のほうにまで続いていて、喜平次さんは、この海は九州や上方はおろか、遠い異国にまで繋がっていると言ってました。深川の沖まで行った時、海の水に触りました。喜平次さんが、海の水を掬って飲んでみろというから、飲んだら、塩水でした」

「そうか。海の水を飲むのも初めてだったか」

「はい。誰がここに塩を流すんですかと聞いたら、喜平次さんに笑われました」

ふふふと、その時の佐江と喜平次の様子を思い浮かべて、又十郎は、つい笑ってしまった。

「それじゃ、初めて海の魚を食べたのも、江戸に来てからか」

松之助が、まともな口を利いた。

「はい。目刺しも、鰯《いわし》の塩焼きも、鯵の干物も初めて食べました。こんなに美味《おい》しい魚があるのも、初めて知りました」

「そうだよ。海の魚は美味《うま》いんだ。わたしも、小さい時分から海の魚は大の好物なんだよ」

又十郎は、佐江に向かって何度も頷いて見せた。

「お前さん、生国には海があるようだな」

松之助にそう言われた又十郎は、覚えず、

「はい、西国の」

言いかけた口を閉じた。

松之助はふんと、不快さを露《あら》わにして湯呑の酒を飲み干した。

「あの」

小さな声を出した佐江が、寝ている男の方にわずかに身を乗り出した。

寝ていた男の口から、ううと、小さな呻き声が洩れていた。

膝《ひざ》を擦《す》るようにして枕元に近づいた又十郎は、上掛けから出ていた男の右手の指がわずかに動くのが眼に入った。

さらに、男の口が何か言いたげに動く。

「なんだ」

又十郎は、男の耳元に口を近づけて、問いかけた。

微かに動かす口を見て、今度は耳を近づけた。

「おかしら」

男の口からは、微かにそんな言葉が出た。

「そうだ」

又十郎は、男の耳元にそう返事をすると、口元に耳を近づけた。

又十郎の着物の袖《そで》に、右手を弱々しく伸ばして摑《つか》んだ男は、口を動かした。

男は一言二言、言葉を発した。

重ねて何かを言おうとしたとき、男は、口を開いたまま動かなくなった。

又十郎の着物の袖を摑んでいた男の手が床に落ちて、コトリと音を立てた。

「死んだのかい」

「あぁ」

又十郎は、佐江に頷いた。

「なんて言い残したんだ」

松之助から声が掛かったが、

「何も」

又十郎は首を横に振った。

「なにか言ってたんじゃゃねぇのか」

松之助は酔った眼を向けて食い下がった。

「何か言いかけてたけど、わたしも聞こえませんでした」

男の顔を見たままそう言うと、佐江は大きく息を吐いた。

又十郎は、息を引き取った男の顔に手を遣って、開いていた両眼を閉じた。

五

船宿『伊和井』の板場に朝日が射し込んでいる。

射し込む日の光が、板場に漂う竈の煙を白い縞模様に染めている。

又十郎が竈に掛けた湯釜の蓋《ふた》を取ると、湯気が立ち昇った。

火勢を抑えようと、腰を屈めて竈の焚口《たきぐち》から薪を二本引き落とした。

「早いですね」

裏の戸口から入って来た弥七郎が、声を掛けた。

「おはよう」

又十郎は、小さく会釈をした。

「納戸の男はどんな具合です」

「昨夜、死にましたよ」

特段、感情を込めることなく又十郎は答え、

「まだ納戸に寝かせています」

と、板張りの向こうを指さした。

「着替えのついでに、手を合わせて来ますよ」

草履を脱いで土間に上がった弥七郎は、納戸へと向かった。

男が納戸で息を引き取ったのは、昨夜の四つ前だった。

男の傍には又十郎が付添うことにして、佐江を住込み部屋に帰し、松之助には布団部屋に行くよう勧めた。

又十郎は、昨夜のうちにお勢の部屋を訪ね、男の死を知らせていた。

「明日の朝、番頭さんに自身番に行ってもらうことにします」

お勢の言葉を聞いた又十郎は、そのまま納戸に引き上げて亡骸《なきがら》と共に一夜を明かしたのである。

板張りの向こうの廊下から、幾つもの慌ただしい足音がした。

「香坂さん、納戸に来てくれということです」

前掛けを締めながら板張りに来た弥七郎が、納戸との境の板壁を手で指し示した。

又十郎が廊下に立つと、戸の開け放たれた納戸の中には、お勢と喜平次、磯松が座っており、目明し一人と黒い羽織を着た同心と思《おぼ》しき侍一人が、死んだ男を覗き込んでいた。

「こっちへ」

お勢に促されて納戸に入ると、又十郎は喜平次の隣りに膝を揃えた。

「こんな切り傷のまま、よくもまぁ川に浮かんで助かったもんだぜ」

三十半ばの小太りの同心は、浴衣の身頃《みごろ》を左右に開けた男の、腹と胸にある幾つもの刀傷を見ながら呟いた。

「でもまあ、ここに運ばれてから一度も起き上がれなかったっていいますから、死んだもおんなじこってしたよ」

四十を過ぎた目明しは、死人を見慣れているのか、何の感慨もなく言い放った。

「しかし、この男は、いつから川に浮いていたのかが」

同心が腕を組むと、

「昨日の昼まで気が付かなかったんだな?」

目明しが、喜平次と磯松に声を掛けた。

「さっきも申しましたように、昼餉を済ませて、櫓や棹の具合を見に行ったら、浮かんでましたんで」

そう言って、磯松は首を捻《ひね》った。

「この男、何か話をしていたのか」

同心が、お勢をはじめ、『伊和井』の者たちに眼を遣った。

「昨夜ここで付添っていた住込みの女中は、何か口にしていたとは言ってましたが、はっきりとは聞き取れなかったようで。香坂さんは如何《いかが》でした」

お勢が又十郎を向くと、同心と目明しの眼も向けられた。

「声が弱々しく、やはり、はきとは聞き取れませんでした」

又十郎は、嘘をついた。

何人かの足音が近づいて来て、侍二人を伴った番頭の嘉吉《かきち》が、廊下に膝を突いた。

「こちら様が、死人のことで用事があると申されて」

嘉吉は立ったままの二人の侍を見上げた。

「そこもとらは、どなたかな」

同心は、いかにも不愉快そうな眼で廊下を睨んだ。

「我らは、勘定奉行《かんじようぶぎよう》、土方勝正《ひじかたかつまさ》様配下、普請役《ふしんやく》元締、柊兼敏《ひいらぎかねとし》様に仕える普請役、今村善助《いまむらぜんすけ》」

又十郎と年恰好《としかつこう》の似た、上背のある一重瞼《ひとえまぶた》の侍が、淡々と名乗った。

「同じく、それがしは、玉垣長十郎《たまがきちようじゆうろう》」

今村よりは三つ四つ若い侍も名乗った。

「川辺に流れ着いた死体があると耳にして、いささか不審のこともあり、はせ参じた」

今村は廊下に立ったまま、そう口にした。

「しかし、なにゆえ勘定方が、このような死人の詮議《せんぎ》に」

同心は、腑《ふ》に落ちない口ぶりである。

「関東一円の川に関《かか》わる案件に携わる川船改役《かわぶねあらためやく》は、勘定奉行の支配下でござる」

今村の声は相変わらず淡々としていた。

「しかし、わしが傷跡を見た限りたいした不審などござらぬがな。喧嘩《けんか》の末に大川に飛び込んで逃げたものの、神田川に流れ着いたものと思われる。なにしろ、喧嘩沙汰《ざた》の絶えない両国界隈《かいわい》ですからな、こういう死人は珍しくもなんともありませんでね」

同心は、小さく鼻で笑った。

「それで、この死人の始末は如何相成る」

玉垣と名乗った侍が問いかけた。

「まぁ、こちらの女将が町役人と話し合って決めることになるが、おそらく、どこかこの近くの寺の無縁墓に葬ることになるだろう」

同心がそう言うと、

「ならば、この死人は、我ら普請役が引き取るが、如何」

語気を強めた今村の申し出に、同心は頷いた。


納戸で死んだ男を戸板に載せて、又十郎と喜平次、それに磯松と吾平の四人で板場の出入り口から外へと運び出した。

「裏の小路に荷車と人足を待たせている」

今村が納戸で口にした通り、『伊和井』の裏庭の外には、一人の人足が荷車の傍に控えていた。

又十郎たちが死体を荷車に載せるのを、二人の普請役や同心と目明しに交じって、お勢や嘉吉も眺めている。

荷車に死体が載せられると、人足がその上に筵《むしろ》を掛けた。

「それじゃ、我らは」

同心は、仕事が無くなってほっとしたようで、目明しと並んで悠然と立ち去った。

「ひとつ聞くが、この死人が身に付けていたものはないか。なんでもいいのだが」

今村が、『伊和井』の者たちに振り向いた。

「川から引き揚げた時には、着てるものの他、何も身に付けちゃいねぇし、持ってもいませんでしたがね」

喜平次が返事をすると、磯松と吾平も頷いた。

今村は頷くと、

「では、参る」

と、梶棒を持った人足に声を掛けた。

今村と玉垣は、動き出した荷車のあとに続いて歩き出した。

お勢をはじめ、見送る又十郎たちも荷車に向かって手を合わせた。

通り掛かりの者が何人か、筵の掛けられたものが死人だと気づいたらしく、好奇心も露わに立ち止まって荷車を見送った。

「朝から仏様を見送るなんて、客足に響かなきゃいいけどね」

そう呟いたお勢は、せかせかと板場の方に足を向けた。

喜平次や磯松たちもお勢のあとに続いたが、又十郎はひとり、小路に残った。

「おかしら」

男は死ぬ間際、微かに言葉を発した。

又十郎は、その問いかけに、

「そうだ」

と、答えて成りすました。

すると男は、

『備中屋』

と、微かな声を洩らし、さらに、

『抜け荷』

とも声にしたのだ。

調べに来た役人に言おうかとも思ったが、表沙汰《おもてざた》にすれば、『備中屋』と関わりの深い浜岡藩が、この先どんな騒動に巻き込まれるかも知れず、躊躇《ちゅうちょ》した末、又十郎は隠すことにした。

ヒッキー――小鳥の啼き声が、又十郎の頭上で響きわたった。

神田八軒町の『源七店』は、夜の帳《とばり》に包まれている。

まだ寝静まる時分ではない。

あと二日で閏《うるう》七月になるこの時期、夏の盛りに比べれば、日は少しずつ短くなってはいたが、ほんの半刻前まで、路地には明るみが残っていた。

この日、早番だった又十郎は八つ過ぎに『伊和井』を出て、『源七店』に帰って来た。すぐに町内の湯屋に行くと、その帰りに夕餉のために、魚や青物、少なくなっていた味噌《みそ》と醤油を買い揃えた。

夕刻、夕餉の支度が出来上がった頃、飛脚の富五郎と、通いの女中奉公をしている娘のおきよが、相次いで帰って来た気配がした。

「お稼ぎよ」

と、大家の茂吉が声を掛けた相手は、夜鳴き蕎麦の屋台を担いで出掛ける友三に違いなかった。

夕餉を摂った後、酒でもと思ったが、生憎《あいにく》、徳利は空だった。

居酒屋にでも行くかどうしようか迷ったまま寝転んでいると、とうとう、五つの鐘が鳴り出した。

和泉橋《いずみばし》の居酒屋『善き屋《よきや》』にでも行くか——腹の中で声を上げた又十郎が身体を起こした時、

「香坂さん」

障子戸の外から、喜平次の声がした。

又十郎が戸を開けると、路地に立っていた喜平次が、

「これなんか、如何かと思いましてね」

下げていた貧乏徳利を、顔の辺りまで持ち上げた。

「外に飲みに行こうかと迷っていたところだ。とにかく、入ってくれ」

「それじゃ」

土間に草履を脱いで、喜平次は板張りに上がりこんだ。

又十郎は、流しの棚に置いた笊から湯呑を二つ取り、対面して座った喜平次の前に置いた。

喜平次は、二つの湯呑に酒を注ぎ始めた。

「この酒は、『伊和井』の女将さんからの戴き物でして」

「ほう」

「例の、おれを雇いたいと言って来た商人がいたでしょう」

注ぎ終えた喜平次が、少し改まった。

「やっぱり行くのか」

「いや。あれ以来、向こうからはなんにも言って来ていないんですが、おれはやっぱり、『伊和井』で船頭を続けることにしましたよ」

「おう」

又十郎が思わず歓喜の声を上げた。

「さっき、帰りがけに女将さんにそう言ったら、この徳利に酒を入れてくれて、もってけと」

「そりゃ、ありがたい」

又十郎が湯吞を持つと、喜平次も持った。

二人は、なんとなく湯吞を捧げると、おもむろに口を付けた。

「けど、言っときますが、なにも女将さんや香坂さんに嫌味を言われたから断る気になったんじゃありませんからね」

喜平次は、一方の肩を軽くそびやかした。

「おれは、いろんな人の世話んなってこれまでになったんですよ。孤児だった十五のおれを、『伊和井』の船頭にと口を利いてくれた、桶屋のとっつぁん。船や大川のことを一から叩き込んでくれた仙三郎《せんざぶろう》親方、『伊和井』の女将さん、大川の船頭仲間と、数えあげたらきりがねぇ」

喜平次の顔つきは、これまで見たことがないほど殊勝だった。

「ゆんべも、その船頭仲間二人と飲んだんだが、どこかの芸者がいうことにゃ、大川で船に乗るなら『伊和井』が一番だそうです。そこの喜平次の船なら、酔うこともないなんて言ってるらしいんだ。日本橋のなんとかってお店の旦那は、喜平次の船じゃなきゃ乗らないとも言ってくれてるなんてことを聞くと、荷船に乗ってちゃ、こんな風に人と交わることは出来ねぇんだなと、しみじみそう思ってしまったんですよ」

心情を晒《さら》した喜平次は、照れ笑いを浮かべると、湯呑の酒を一気に飲み干した。

「今だから言うがね、わたしは端《はな》から、喜平次が『伊和井』をやめるなんて思ってはいなかった」

「けどあの時、女将さんは、おれが金に釣られてやめるとは思いもしなかったみてぇなことを言うし、香坂さんにしても、『伊和井』の板場に呼んだ当のおれが、『伊和井』をやめるなんてことがあっていいのかなんてさぁ」

「あれは、からかってみただけだよ」

又十郎の言葉に嘘偽りはなかった。

少しは揺れ動いても、喜平次は必ず元の鞘《さや》に納まるという確信があった。

「そうかねぇ。あれが芝居なら、香坂さんも、大した役者だよ」

喜平次は小さく苦笑を浮かべると、徳利を突き出した。

又十郎は、黙って喜平次の酌を受けた。

そして、喜平次に酌をしてやった。

また、なんとなく湯呑を捧げると、二人は黙って口を付けた。

又十郎は、一人で飲みに出掛けなくてよかったと、しみじみと思った。

第三話　策謀

一

神田川《かんだがわ》が大川《おおかわ》に流れ込む柳橋《やなぎばし》一帯は、昼過ぎてから雨になっていた。

船宿『伊和井《いわい》』の板場を出た又十郎《またじゅうろう》は、立ち止まって蛇の目傘を広げると、篠塚《しのづか》稲荷《いなり》前を東へ伸びる小路の先にふと眼《め》を遣《や》った。

納戸で息を引き取った男の死体を、『伊和井』を訪れた勘定《かんじょう》方《かた》の普《ふ》請役《しんやく》に引き渡したのは、二日前の早朝だった。

「大川端が霞《かす》んでますね」

後から出て来て傘を広げた喜平次《きへいじ》が、ぽつりと呟《つぶや》いた。

小路の先は大川端なのだが、いつもは見える対岸の南本所《みなみほんじょ》は雨煙にぼやけている。

「行くか」

小さく口にして、又十郎は浅草橋《あさくさばし》の通りの方へ足を向けた。

七月が明日一日《ついたち》で月替わりとなるこの日、板場の勤めは早番だった。

早番は九つ（正午頃）に板場を出ていいのだが、いつも四半刻《しはんとき》（約三十分）ばかり居残って、親方や弥七郎《やしちろう》の仕込みなどを手伝ってから『伊和井』を出ることにしている。

船頭の喜平次は、この時期は夜が忙しいのだが、降り出した雨のせいで、予定していた屋根船はすべて船出を取りやめることになり、又十郎と連れ立って神田八軒町《かんだはちけんちょう》の『源七店《げんしちだな》』に帰る流れになったのだった。

「どうです。今夜は久しぶりに『善き屋《よきや》』で飯を食いませんか」

神田川北岸にある久右衛門河岸《きゅうえもんがし》に差し掛かったところで、喜平次が口を開いた。

『善き屋』というのは、『源七店』からほど近い和泉橋《いずみばし》にある居酒屋である。

『源七店』の住人、お由《よし》が、夜になるとお運び女として働く、酒も料理もましな物を出す店だった。

「それもいいが、酒に酔って帰る時にも降られたらびしょ濡《ぬ》れになるし、億劫《おっくう》じゃないか」

又十郎は、喜平次の申し出に気乗りがしなかった。

こんな日は、『源七店』に戻ってのんびりと夕餉《ゆうげ》の支度をして、家で飲み食いをするほうが気が楽である。

「なんなら、わたしが包丁を振るってもいいんだ」

「香坂《こうさか》さんが食い物をこさえて下さるというのは有難いが、それに甘えていいものかどうか」

「喜平次にも飯を炊いたり味噌汁《みそしる》を作ったりしてもらわなくては困るのだがな」

「それくらいなら、いつもやってるこった。承知した」

喜平次は大きく頷《うなず》いた。

「香坂さん、鍋釜《なべかま》なんかは、おれの家の方が物は揃《そろ》ってるし、おれの家で作ってもいいですよ。ほら、井戸も近いしさ」

「そうしよう」

又十郎は、喜平次の申し出を受けた。

すると喜平次は、料理するものは適当に買って行くので、又十郎は先に『源七店』に行って、火熾《ひおこ》しなどを始めるように勧めた。

「承知した」

又十郎は向柳原《むこうやなぎはら》土手で喜平次と分かれ、先に『源七店』へと向かった。

『源七店』も雨に降られている。

激しい降り方ではないから、路地を流れるどぶから水が溢《あふ》れる心配は、いまのところない。

一旦《いったん》、自分の家に戻った又十郎は、包丁を手にして、井戸に一番近い喜平次の家に入り込むと、七輪《しちりん》で火を熾し始めた。

乾いた粗朶《そだ》のお蔭《かげ》ですぐに火は点《つ》き、七輪の火種を竈《かまど》の附木《つけぎ》に移した。

薪《まき》も乾いていて、大した煙も出さずに燃え上がった。

又十郎は、水を注いだ釜を竈に載せた。

湯さえ沸かしておけば、茶を淹《い》れるにしても魚や青菜を茹《ゆ》でるにしても、後が楽である。

雨の降る路地を向いて框《かまち》に腰掛けた又十郎は、ふと、流しのあたりに眼を遣った。

改めて見てみると、道具なら揃っていると自慢げに口にしたように、喜平次の家の水回りには、鉄鍋だけではなく土鍋もあり、釜の他に擂鉢《すりばち》、木鉢、水切り笊《ざる》や洗い笊、柄杓《ひしゃく》や菜箸《さいばし》などの小物まで、結構、ものが揃っている。

本人の口から聞いたことはないが、もしかしたら一頃、喜平次の家には女が住んでいたのではないかと、つい思ってしまう。

大家の茂吉《もきち》に聞けば分かることだが、喜平次が何も言わないことを、又十郎は敢《あ》えて知ろうとは思わなかった。

ぱらぱらと雨を受ける傘の音が近づいて来て、喜平次が戸口に立った。

「買ったのは、こんなもんですがね」

提げていた古い竹の笊を、喜平次は路地に立ったまま又十郎に差し出した。

「いろいろ買って来たから、ついでに友三《ともぞう》さん夫婦にも作ってやろうと思うんだが、どうだね」

「わたしはいいが」

又十郎に異存はなかった。

「じゃ、おれは友三さんにそう言って来る」

そう返すと、喜平次は隣りの方へ向かった。

雨が降っていては、友三は夜鳴き蕎麦《そば》の商いに出掛けることもないはずだ。

喜平次から受け取った竹の笊には、豆腐、茄子《なす》、鰯《いわし》、海老《えび》、油揚げが入っていた。

所々穴が空いているところを見ると、魚屋かどこかで不要になった笊に違いない。

「友三さんは、助かると言ってたが、何とかなりそうですかね」

戸口の外ですぼめた傘を振った喜平次が、土間に入るなり、そう口にした。

「魚や豆腐もあるからなんとかなるが、飯が足りるかどうかだな。うちには朝の残りが少しあるが」

「あ、友三さんも飯の残りがあると言っていた」

そこまで言った喜平次が、お鉢入れに納めていた飯櫃《めしびつ》の蓋《ふた》を開けると、

「おれんとこも残ってる、へへへ」

にやりと笑った。

「あとは菜《さい》だが、いろいろ買って来てくれたおかげで、何品も用意出来そうだ」

又十郎は、船宿『伊和井』の板場勤めをするようになったものの、任されるのは、もっぱら魚料理だった。

しかし、親方の松之助《まつのすけ》や弥七郎の手際を見ているおかげで、煮物や炒《いた》め物、焼き物の作り方をかなり覚えた。

開け放した戸の外は、依然雨が降っている。

「そうそう」

濡れた着物から浴衣《ゆかた》に替えた喜平次が帯を締めながら呟くと、

「今日の朝方、顔見知りの船頭たちから話を聞いたんだがね」

框に腰掛けた又十郎の近くで、胡坐《あぐら》をかいた。

「神田川に船を繋《つな》いでいる船頭がいうには、どこかの役人が、大川の両岸の、持ち主のよく分からねぇ蔵を、手当たり次第に改めているらしいんだ」

喜平次が口にしたことは、又十郎には大いに気になることだった。

『備中屋《びっちゅうや》』『抜け荷』という言葉を発して、『伊和井』の納戸で息を引き取った男のことが思い出される。

役人は、抜け荷の品々が大川一帯の蔵に隠されていると睨《にら》んでいるのだろうか。

そんなことが又十郎の頭を過《よぎ》った時、傘を差した女が、木戸の方から下駄の音をさせて路地を通りかかった。

「お篠《しの》さんじゃないか」

喜平次が声を掛けると、足を止めた女が傘を持ち上げて顔を向けた。

「あぁ、お久しぶり」

お篠は喜平次に笑みを浮かべたが、その顔には屈託のようなものがあった。

年の頃《ころ》は、二十六、七というところだろうか。

「この人はお篠さんと言って、友三さんの娘さんですよ」

喜平次は又十郎にそういうと、

「こちらは、この春、富五郎《とみごろう》さんの家の隣りに入った、香坂さんだよ」

お篠に告げた。

「香坂又十郎です」

「篠といいます。なにかと、よろしくお願いします」

軽く腰を曲げると、お篠は路地の奥へと去った。

以前、友三が、呉服屋の縫子をしている娘がいると言っているのを聞いたことがあった。

着古した地味な棒縞《ぼうじま》の着物だが、小ざっぱりとしていた。

「おっ母《か》さん、加減はどうなの」

壁を通して、おていに話しかけるお篠の声が微《かす》かに聞こえた。


火打石を打って、喜平次が板張りの行灯《あんどん》に明かりをともした。

七つ半（五時頃）を少し過ぎた頃おいは、いつもなら明かりは点けなくともよいのだが、雨のせいで、家の中も路地も日暮れたように暗かった。

「お、出来たね」

喜平次が土間の近くに座って、又十郎が鍋などから取り分けた料理の皿に眼を走らせた。

生姜《しょうが》を利かせた鰯と豆腐の煮付け、焼き茄子、残っていた小松菜を使った海老と油揚げの煮びたしの三品である。

又十郎と喜平次の分と、友三夫婦の分である。

「友三さんには持って行くから、なんなら先に食べていてもいいぞ」

又十郎は、友三夫婦の分をお盆に載せると、傘も差さず路地に出た。

「香坂ですが」

友三の家の戸口で声を掛けるとすぐ、中から戸が開けられた。

「あ」

土間に下りていたお篠が小さく頭を下げた。

加減がいいのか、おていは敷いた薄縁《うすべり》の上に座っており、その近くで友三が胡坐をかいていた。

「友三さんたちの夕餉の膳《ぜん》にと」

又十郎が言いかけると、

「わたしが受け取りましょう」

立ち上がって来た友三が、又十郎が持っていたお盆を受け取ると、茶箪笥《ちゃだんす》の上に置いた。

「これは」

土間から上がったお篠が、茶箪笥に置かれた料理を不思議そうに見た。

「香坂さんは、料理がお上手なんだよ。釣った魚を料理して、こうしてわたしたちにも分けて下さるんだよ」

おていがそう言うと、

「あ、それは」

言葉は少なかったが、お篠は又十郎に丁寧に頭を下げた。

「それじゃ」

又十郎が路地に出かかると、

「わたしもそろそろ」

そう言って、お篠が土間の下駄に足を通した。

又十郎が路地に出ると、

「うちの人が、お金の無心に来なかった？」

くぐもったお篠の声を背中で聞いて、思わず足を止めた。

「お前、困ってるのかい」

「そうじゃないの」

おていの問いかけに返事をしたお篠が、路地に出てくる気配を感じて、又十郎は急ぎ喜平次の家の中に飛び込んだ。

間もなく、傘を差したお篠が木戸へ向かって通り過ぎた。

「お篠さん、以前に比べてなんだか、やつれたな」

夕餉の膳に着いて箸を動かしていた喜平次が、ぽつりと口にした。

又十郎は土間を上がると、喜平次と向かい合わせに置いてあった膳の前に座った。

するとまた、木戸の方から下駄の音がした。

傘を差していて顔は見えないが、お店者《たなもの》風の装《な》りをした男が、開いている戸の外を通り過ぎた。

「奥になにか用事かな」

土間の履物に片足を載せて、又十郎は路地に顔を突き出した。

立ち止まった男が傘を上げると、蠟燭屋《ろうそくや》『東華堂《とうかどう》』の手代、和助《わすけ》の顔があった。


又十郎は、己の分の夕餉を喜平次の家から運ぶとすぐ、行灯に火を入れた。

和助は土間の框に腰掛けて、しきりに濡れた足を拭《ふ》いている。

「いつも通り、嶋尾《しまお》様からの言付けです」

行灯の明かりが部屋に満ちると、和助が口を開き、

「明日の四つ（十時頃）、玉蓮院《ぎょくれんいん》にお出《い》で願いたいということでした」

と、続けた。

和助が口にした嶋尾様というのは、浜岡藩《はまおかはん》江戸屋敷の目付、嶋尾久作《きゅうさく》のことである。

明日は遅番だから、船宿『伊和井』には八つ（二時頃）に着けばよい。玉蓮院のあ

る本郷《ほんごう》から『伊和井』のある浅草下平右衛門町《あさくさしもへいえもんちょう》までなら、半刻（約一時間）ほどで着くので、板場の仕事に支障はない。

「それでは、わたしは」

立ちかけた和助に、

「これだけのために、雨の中済まなかったな」

又十郎は労《いた》わりの声を掛けた。

「これは、お目出度《めでた》い話ですから、お話ししても構わないんですがね」

思わせぶりな物言いをした和助は、框に腰掛けると又十郎に身体《からだ》を向けた。

「さ来月のいつとは知りませんが、将軍家の何番目かの姫様が、浜岡藩の中屋敷の庭を見物に行かれるそうです」

そういうと、和助は大きく頷いた。

当代の将軍、徳川家斉《とくがわいえなり》には、五十人を超す子があると聞いたことがある。

「うちの番頭さんの話の様子から、どうも、今年十六におなりの永姫《えいひめ》様のようです」

和助は声をひそめた。

将軍、家斉の御子達がなんという名なのか、又十郎には関心もなかったし、第一知る由もなかった。

和助が千代田城内の動きや武家の事情に耳ざといのは、『東華堂』という蠟燭屋の奉公人だからだろう。

『東華堂』は、江戸の浜岡藩江戸屋敷をはじめ、二、三の大名家、大身《たいしん》の旗本家や大店に蠟燭を納める商いをしている。

武家に出入りしていれば、外に洩《も》れても差し障りのない慶事は耳に入るのだと思われる。

「先日、浜岡藩から大量のご注文がございましたので番頭さんに聞きますと、永姫様が浜岡藩中屋敷に御成《おな》りになるという話でして」

「中屋敷の庭というのは、評判なのか」

「わたしも見たことはございませんが、茶室に招かれたうちの主《あるじ》は、それはそれは見事だと口にしていたそうでございますよ。多分、その庭の評判を耳にした姫様が、嫁ぐ前に見てみたいとでも上様にねだられたんじゃありませんかね」

「その姫様は、嫁ぐのか」

「えぇ、縁組は九年前に決まっていたらしいのですが、とうとう来年、御輿入《おこしい》れということでございます。その姫様のお庭見物ともなりますと、浜岡藩の江戸屋敷も、国元の皆様もさぞやお喜びのことでございましょう」

和助がこれほど饒舌《じょうぜつ》になったのは初めてのような気がする。

将軍家に縁のある人物が家臣の屋敷を訪ねるというのは、そうそうあるものではないと、和助はいう。

浜岡藩が賜《たまわ》る誉《ほまれ》にわたしもあやかりたいものですと声を弾ませて、和助は又十郎の家から出て行った。

又十郎は、嶋尾久作の呼び出しのわけが気になりながら夕餉の膳に箸をつけた。

雨の降り続ける路地は一段と暗さを増していた。

二

本郷の台地を南北に貫く往還に出来た水溜《みずたま》りが、きらきらと日射《ひざ》しを照り返している。

又十郎は、所々に出来ている水溜まりをよけながら、加賀前田《かがまえだ》家上屋敷前をゆるゆると通り過ぎた。

昨日から降り続いていた雨は明け方近くまで残ったが、日が昇る頃には上がっていた。日が昇るとともに、『源七店』の住人、喜平次や飛脚の富五郎、針売りのお由は仕事へと出掛けて行った。

四つに駒込追分町《こまごめおいわけまち》近くの玉蓮院に行くことになっていた又十郎は、のんびりと朝餉を摂《と》った後、下帯と手拭いの洗濯をした。

洗濯したものを干すついでに、昨日の雨に濡れた着物を衣紋掛《えもんか》けから外して、井戸端の物干し場に掛けた。

加賀前田家の屋敷前を通り、御先手組《おさきてぐみ》の屋敷を過ぎると駒込追分がある。

玉蓮院は、追分から日光御成道《にっこうおなりみち》の方へほんの少し進んだところにある小路を右に入る。

小路は緩やかな坂になっており、角を二つ折れた先に玉蓮院の見慣れた山門がある。

山門を潜《くぐ》り、庫裏《くり》で案内を請うたところで、上野東叡山《うえのとうえいざん》の方から、四つを打つ時の鐘が届いた。

寺の若い僧の案内で、いつもの離れに通されて間もなく、嶋尾久作が伊庭精吾《いばせいご》を伴って入り、又十郎の向かいに並んで座った。

「先夜の、大川での働きはご苦労」

座るとすぐ、嶋尾が形ばかりの声を掛けた。

五日前、二艘《そう》の荷船を襲った襲撃者たちを、伊庭ら横目《よこめ》達と共に追い払った一件のことだろう。

「ですが、先夜の出来事はいったいなんだったのでしょうか」

その夜以来の不審を、又十郎は口にした。

「町の噂《うわさ》によれば、先夜の大川の騒ぎの翌日、神田川に浮かんでいた怪我人《けがにん》が、その方が通う船宿で息を引き取ったということだが、まことか」

嶋尾は、又十郎の不審を無視するように、話を変えた。

「わたしが、その怪我人を看取《みと》りました」

又十郎は、淡々と答えた。

すると、嶋尾と伊庭の眼が同時に、刺すように又十郎を向いた。

「しかも、その男は、前夜、伊庭殿らが乗っておられた二艘の荷船を襲った連中の一人と思われます」

「その根拠は」

嶋尾の声は冷ややかだった。

「納戸に寝かされていた男は浴衣に着替えさせられていましたが、『伊和井』の奉公人に聞いてみると、川から引き揚げた時の装りは、裁着袴《たつつけばかま》を穿《は》いた黒の装束だったそうです。つまり、わたしが大川の船上で刀を交わした相手の装束と同じものだったのでございます」

「うむ」

小さく唸《うな》って、嶋尾は庭の方に眼を遣った。

「このことは、調べに参った役人には話しておりません」

「うん」

嶋尾の声が、今度ははっきりと聞こえた。

「それで、男の亡骸《なきがら》はどう始末した」

伊庭が、抑揚のない声を又十郎に向けた。

「奉行所の同心と目明しの後から来た勘定方の役人が引き取って行きましたが」

ありのままを口にすると、声を上げそうになった伊庭が、目を丸くして嶋尾の顔を窺《うかが》った。

嶋尾は黙ったまま、強張《こわば》らせた顔を天井に向けた。

「しかし解せぬのは、奉行所の同心が手放した死人を、なにゆえ勘定方の役人が引き取るのかということです」

又十郎の不審に、伊庭はまたしても嶋尾の反応を窺った。

「ん」

天井を向いていた嶋尾からは、心ここにあらずといった声がした。

「いや、結構。なにも詮索《せんさく》する気などござらぬ」

又十郎はすぐに諦《あきら》めた。

二人の様子から、ただならない事情があるように見受けられる。そんな事情を、元同心ごときに打ち明けるはずはあるまい。

「勘定奉行の支配下に、普請役元締がある」

又十郎が声を発してから、ほんの少しの間を置いて、嶋尾の口から感情の籠《こも》らない声が出た。

「その下には、川船《かわぶね》改役手附《あらためやくてつけ》もある。普請役の主な務めは、諸国諸藩の情勢の探索だ。ことに、日本海に面した大名家の動向には厳重な目配りをしている。蝦夷地《えぞち》の産物の抜け荷、あるいは、異国との密《ひそ》かな交易の摘発のためにな」

同じような声の調子で、嶋尾は説明した。

又十郎は、『伊和井』の納戸で死んだ男が死の間際に口にした言葉を思い出していた。

『備中屋』『抜け荷』の二言である。

死んだ男が普請役の手先だとすれば、『備中屋』は幕府から抜け荷の疑いをかけられているということになる。

藩命を受けて斬《き》った、義弟の数馬《かずま》は、浜岡藩はすでに公儀の標的になっていると又十郎に訴えていた。

そのことに藩の危機を感じた数馬は、主君に訴え出るべく、脱藩までして江戸に向かったのだ。

『伊和井』で死んだ男が口にした『備中屋』と『抜け荷』の二言を伝えるべきかどうか、又十郎は迷っていた。

「だからと申して、浜岡藩が、いや『備中屋』が抜け荷をしているとか、密かに異国と交易をしているということではない。要するに、公儀は疑心暗鬼なのだ」

嶋尾の声に、ほんの少し苛立《いらだ》ちが窺えた。

長崎会所に集まる蝦夷の産物の量が減っている原因は、諸藩の廻船《かいせん》問屋が航路の途中で密かに売りさばいているからに違いないと、公儀が思い込んでいるのだと、嶋尾は断じた。

それゆえに、普請役を諸国に潜《もぐ》らせて、密貿易や抜け荷の確かな証《あかし》を得ようとしているのだと言い添えた。

「そのようなものが、当家にあるはずもないが、我らが恐れているのは、公儀による捏造《ねつぞう》なのだ。確たる証もないというのに、いや、ないからこそ、ほんの些細《ささい》な不手際や失態を抜け荷の証と騒ぎ立て、お家《いえ》お取り潰《つぶ》しの軽挙に走ることなのだ」

「ご公儀が、そのようなことを」

思わず、又十郎の口を衝《つ》いて出た。

「する」

嶋尾が、又十郎の言葉を途中で遮った。

「公儀といえども、将軍家を守るためになりふり構わずことに及ぶことがあるのだ」

嶋尾が言ったことは、浜岡藩にも通じるのではないのか――又十郎は声を荒らげたかった。

石見国《いわみのくに》浜岡藩、松平《まつだいら》家を守るという大義で、義弟追討の藩命を下したではないか。藩命に従った又十郎までも脱藩者として、妻の待つ故郷《ふるさと》への帰還を許さなかったのも浜岡藩ではないか。

「なんだ」

嶋尾がふと眉《まゆ》を顰《ひそ》めた。

もしかしたら、又十郎の顔は知らず知らず、敵意に満ちた形相になっていたのかもしれない。

少し慌てて、

「昨日、『東華堂』の手代、和助から聞いた話ですが」

又十郎は話を変え、さらに、

「近々、将軍家の姫様が江戸中屋敷の庭見物に御成りとのこと。これは、浜岡藩に対して将軍家の覚えが目出度いということにほかなりません。そのような浜岡藩に対し、確証もなく、公儀が軽挙妄動《もうどう》に走るとは思えませんが」

と、申し述べた。

「ふう」

大げさに息を吐くと、嶋尾は座を立って縁に出た。

「田町《たまち》の中屋敷の庭が見事だという評判はまことだが、将軍家ご息女の御成りなど、当家には迷惑千万である」

吐き捨てた嶋尾の両肩は、刺々《とげとげ》しかった。

「上様のご息女を屋敷に迎えることになれば、いったい、いか程の出費を工面せねばならぬか。庭の手入れは無論のこと、表門の修繕に始まり、玄関先、御休息の間に敷かれた畳の入れ替え、襖《ふすま》の張替え、ご息女は言うに及ばず、供《とも》の女子衆への土産《みやげ》に始まり、上様への土産にまで気を揉《も》まねばならぬのだ。このようなことで、藩の財政が行き詰まり、藩政が乱れ、遂には御家のお取り潰しとなった例がいくつもある。その費用たるや、千両では済むまい。参勤交代に要する二千両を凌《しの》ぐ出費を覚悟せねばならぬ」

最後の方の嶋尾の言葉は、まるで唸り声のようだった。

その声をあざ笑うかのように、庭の木々の葉は、さやさやと軽やかな音を立てている。

「上様のご息女の御成りを、お家の誉と口にする者もいるが、冗談ではないっ。これは、当家に出費をさせようとする、策謀なのだ」

感情を抑えつけようとしたようだが、嶋尾の声にはかえって怒りが滲《にじ》み出ていた。

少しの間、そのまま庭を向いていた嶋尾は、くるりと身体を返してもとの場所に座った。

「策謀と申しますと」

　伊庭が、恐る恐る嶋尾に問いかけた。

「ご老中のなかに、ほかの老中を蹴落《けお》としてでも老中首座の地位にしがみつこうと執心するお人がおられる」

「やはり、水野《みずの》様が」

　伊庭の口から呟きが洩れた。

「永姫様の当家中屋敷のお庭見物を、上様に勧めたは、水野越前《えちぜん》に違いあるまい。わが殿様と反りの合わぬあの御仁は、当家に対し、前々から抜け荷の疑念に駆られているが、その確証が得られぬ焦りから、多額の出費をさせて藩政を混乱させようと企んだに相違ないのだ」

　そう断じた嶋尾は、いままで、又十郎が見たことのない怜悧《れいり》な表情になった。

「だが、これ以上、目を瞑《つむ》るわけにはゆかぬ」

　又十郎も、伊庭も、嶋尾を注視した。

「越前守《えちぜんのかみ》様を黙らせる手は、かねてから、用意してある」

　呟くように言うと、嶋尾の眼に不敵な笑いが浮かんだ。

　渡り廊下の方から足音がして、若い僧が縁に膝《ひざ》を揃えた。

「作右衛門《さくえもん》さんが参られましたが」

「向こうで待ってもらおう」

嶋尾の声に、若い僧は叩頭《こうとう》して立ち上がった。

「いや、よい。ここへ通してくれ」

「はい」

若い僧は返事をして、渡り廊下を庫裏の方へと渡った。

「ほかにご用がなければ、わたしはこれにて」

太腿《ふともも》に両手を置いて頭を下げると、又十郎は腰を浮かせた。

「待て」

嶋尾は、立ちかけた又十郎を留《とど》まらせると、

「いい折だ、引き合わせておこう」

そういって、渡り廊下の方に顔を向けた。

渡り廊下を渡って、離れに入って来たのは、紋付の羽織を着た、見るからに商家の主のような装りの男であった。

「同席してよろしいので」

男は、又十郎をそっと一瞥《いちべつ》して、嶋尾を窺った。

「引き合わせておこうと思ってな。その者の横に座られよ」

嶋尾が促すと、男は又十郎の後ろを回って、左側に正座した。

「隣りに座ったのは、廻船問屋『備中屋』の主、作右衛門。そして、こちらの浪人は、香坂又十郎だよ」

笑み交じりの嶋尾が、二人を引き合わせた。

「それはそれは、作右衛門と申します。香坂様が、国元で同心頭を務めておいでだったことはよく存じております。このたびは、何かとお力添えをいただいておりまして」

「ご丁寧に恐れ入る」

軽く頭を下げた又十郎は、隣りで上体を前に倒した作右衛門を見て軽く息を飲んだ。右の頬《ほお》の火傷《やけど》の痕《あと》に気づいた。

まさしく、船頭の喜平次を雇い入れようと船宿『伊和井』を訪れていた男だった。だが、『伊和井』で又十郎に見られていたことなど、作右衛門は露ほども気づいていないと思われる。

「では、これにて」

挨拶《あいさつ》を済ませると、又十郎は早々に離れを後にした。

本郷から湯島《ゆしま》へと下る坂道を、又十郎は足早に歩いている。

日は更に昇り、頭上から照り付けていた。

玉蓮院を出てから、又十郎の脳裏に様々なことが去来していた。

火傷の男が『備中屋』の主と聞いて、先日来、『伊和井』の客となり、喜平次を雇い入れようと目論《もくろ》んだ意図が、ここへ来てついに見えた気がした。

大川の流れの癖、川底の様子をよく知り、明かりの乏しい夜の大川を船で上り下り出来るほどの腕のいい船頭を集めていたのだ。

作右衛門は何人かに声を掛けていたのだろうが、おそらく、そのうちの一人が喜平次だったのだろう。

だが、船手組や勘定方の普請役の抜け荷捜索が厳しくなったことで、『備中屋』は品川の蔵に忍ばせていた荷を、急ぎ本所の蔵に移すべく、あの夜、二艘の荷船を仕立てたのだと推察出来る。

そのため、返事を延ばし延ばしにしていた喜平次を諦め、他の船頭に荷船を操らせて大川を遡《さかのぼ》ったのだ。

勘定方配下、普請役の黒装束の一団は、品川を出た『備中屋』の船がどこへ向かい、どこに荷を運ぶのかを探ろうとしていたに違いない。

ところが、一艘の荷船が砂州《さす》に乗り上げて立ち往生となり、もう一艘もその場を動けなくなったため、急遽《きゆうきよ》、荷船の積み荷を改めようと、伊庭精吾たちの乗った船を急襲したと思われる。

あの夜、もし喜平次が櫓《ろ》を漕《こ》いでいたとしたら——そう思うと、冷や汗が出る。

喜平次の腕なら、川の砂州に乗り上げることはなかったかも知れないが、曰《いわ》くのある荷を運んだことで、その後、『備中屋』や浜岡藩の目付、嶋尾久作の呪縛《じゆばく》に身を捩《よじ》る羽目になる恐れはあったし、闘いに巻き込まれて命を落としていたかもしれない。

又十郎や『伊和井』の女将《おかみ》が嫌味を口にして動揺させ、作右衛門への返事を先延ばしにさせたことは、結果として、喜平次の命を救ったと、言えなくもなかった。

湯島の坂を下り切った又十郎は、筋違橋《すじかいばし》の北詰を通り過ぎた先の火除《ひよけ》広道へと歩を進めていた。

そのとき、日本橋《にほんばし》の方から、九つを知らせる時の鐘が聞こえた。

玉蓮院での用事は、思いもよらず、半刻以上も掛かっていた。

遅番の又十郎が板場に入るのは八つである。

船宿『伊和井』のある柳橋近辺で昼餉を摂ろうと、神田川の北岸をひたすら東へと向かった。

『伊和井』に通うようになって、何度か入ったことのある、浅草上平右衛門町の一膳《いちぜん》飯屋の暖簾《のれん》に手を伸ばした時、いきなりぐいと、眼の前に黒い影が立ちはだかった。

又十郎が咄嗟《とつさ》に身構えると、

「遅番の時は今時分この辺りに現れると、仲七郎《なかしちろう》から聞いていたんでな」

仲七郎という、浜岡藩下屋敷の中間《ちゆうげん》の名を口にしたのは、同じ屋敷のお蔵方を務める筧道三郎《かけいみちさぶろう》だった。

「店の前じゃ、出入りの邪魔だ。こっちへ」

筧は、浅草橋の袂《たもと》の岸辺に又十郎を誘った。

「なにかご用か」

又十郎は、穏やかな声で尋ねた。

「仲七郎に頼んで、お主の動きを密かに探ってもらったが、いろいろ腑《ふ》に落ちんのだ」

筧は、吐き捨てるように声を荒らげた。

「なにも、お主の気に入るように動いているわけではない」

又十郎は敢えて、相手がむっとするような返答をした。

「おそらく半年、数か月ほど前まではどこかの家中に仕えていたと見えるお主が、なにゆえ船宿の板場の料理人になっているのかが、解せぬ」

筧は、又十郎の挑発には乗らず、抱えている疑惑をぶつけた。

「釣り好きが高じて魚捌《さば》きを身に付けたと、先日、渋谷《しぶや》の下屋敷に呼び出された折に申したはずだが」

「うん」

筧は、不承不承、小さな声を出した。

「そのお蔭で、浪人になっても稼げるのだ」

「お主は何ゆえ、神田八軒町の『源七店』に住まうことになったのだ」

そう問いかけた筧の眼は、目の動きひとつ見逃すまいという風に、又十郎の顔に注がれている。

「きっかけは、たしか」

思い出そうとするふりをして、なんと返答すべきか、又十郎は思案を巡らせた。

国元の組目付、滝井伝七郎《たきいでんしちろう》の指示によるものとは、口が裂けても言えぬ。

「江戸へ来て、そろそろ懐具合が悪くなったので、ひと稼ぎしようと賭場《とば》に行ったら、そこに、『源七店』の住人で、船宿『伊和井』の船頭をしている喜平次という男がいて、なぜだか意気投合してしまい、塒《ねぐら》の定まらないわたしを、大家に口を利いて住めるようにしてくれたようなわけだよ」

又十郎は、そんな話を作り上げた。

「『源七店』の家主が誰《だれ》か、知っているか」

「たしか、蠟燭屋『東華堂』と聞いたが」

このことなら、又十郎が知っていてもおかしくはあるまい。

「その『東華堂』が、当家江戸屋敷など、他の大名家を相手に商いをしていることは」

「初耳だが、そうか、あんたの主家とも関《かか》わりのある商人の家作だったか」

そのことについては、惚《とぼ》けていた方がいいと、又十郎は判断した。

浜岡藩と繋《つな》がりのある商人の裏店《うらだな》と知って潜り込んだと思われると、面倒なことになりそうである。

もう聞くことが無くなったのか、筧は又十郎に眼を据えたまま、両肩を大きく上下させている。

「香坂さん、なにしてるんだい」

神田川を下る猪牙船《ちょきぶね》で棹《さお》を差していた、喜平次の弟分、船頭の磯松《いそまつ》から声が掛かり、

「腹の出た達磨《だるま》侍に言いがかりをつけられてるんなら、船を付けて手を貸しますぜ」

とも付け加えた。

「なぁに、わけのわからんことを聞かれているだけだ」

又十郎が声を張り上げると、筧は鼻の穴を膨らませ、どすどすと足音を立ててその場から立ち去って行った。

三

微かに物音がしている。

板張りに薄縁を敷いて横になっていた又十郎の耳に、たしかに何かを叩《たた》く音が聞こえている。

叩くだけではなく、誰かに呼びかけてでもいるようで、声を低めている分、差し迫った様子が窺える。

急ぎ身を起こした又十郎は、土間の草履《ぞうり》を引っかけると、寝巻のまま暗い路地に飛び出した。

向かいの棟の友三の家の戸口近くに、月明かりを浴びた人影が三つ、固まって立っているのが見えた。

「なにごとだ」

又十郎は低い声を掛けた。

すると、友三と同じ棟に住む喜平次と、又十郎の隣家の富五郎も、急ぎ路地に飛び出してきた。

路地の暗がりに固まっていた人影が又十郎の方に向き直ると、見知らぬ二人の男に支えられた友三が、やっとのことで立っていた。

「友三さんじゃねぇか」

声を掛けた喜平次が、男二人に替わって友三を肩で支えた。

「喜平次、ともかく中に」

又十郎が家の戸を開けると、喜平次は、富五郎の手も借りて土間に入り、友三を板張りに仰向けに寝かせた。

「なにごとで」

板張りの奥の暗がりから、弱々しいおていの声がした。

おていの表情は暗くて見えないが、敷かれた薄縁に横になって、白い顔を戸口に向けている。

「おていさん、心配しねぇでいいよ」

喜平次が、労わるように声を掛けた。

「やっぱり、おかみさんが居たんだね」

友三を支えて連れてきた二人の男の内の小太りの男が、戸口に立ったまま呟くと、

「何べんも声を掛けたけど、なかなか返事がないもんで、長屋を間違えたのかと思って」

又十郎たちに、小さく会釈した。

「おかみさんは病がちで、なかなか起き上がれないことがあるんだよ」

富五郎が男二人に説明した。

「そうですかい」

戸口に立っていたもう一人の背の低い男が、心配そうな声を洩らした。

「いったい、なにがあったんだね」

家の外に立っていた又十郎は、男二人に問いかけた。

「わたしら、よく、友三さんの屋台の蕎麦を食べに行くんですよ」

小太りの男は、友三が夜鳴き蕎麦の屋台を出す昌平橋《しょうへいばし》の近くにある武家屋敷の中間だと口にした。

その言葉通り、背の低い男ともども、中間の装りをしている。

今夜も屋敷を抜け出して、いつも通りの場所に行くと、屋台の一部が壊れており、そのすぐ傍《そば》に倒れた友三が呻《うめ》き声を洩らしていたのだという。

中間二人が駆け寄ると、弱々しいながらも、友三は口が利けた。

「おれが自身番に知らせると言ったら、友三さん、それはやめてくれっていうんだよ。どうしたらいいと聞くと、長屋が近いから、連れて行ってもらいたいというんで、こうして」

小太りの中間が打ち明けた。

「そりゃ、手数を掛けたね。同じ長屋の住人として、礼を言う」

又十郎が丁寧に頭を下げると、横に立っていた富五郎も倣《なら》った。

「それじゃ、父《と》っつぁん、おれたちは行くぜ」

背の低い中間が家の中に声を投げると、

「ああ。すまなかったな」

と、友三が返事をした。

昌平橋に置いたままの壊れた屋台は、明日の朝、長屋に運んできてやると言い置いて、中間二人は『源七店』の木戸から表の方へと出て行った。

遠くで鳴る拍子木の音が、黒々とした夜空に沁《し》み込んでいく。

おそらく、町の木戸が閉まる四つを知らせる、木戸番の拍子木だろう。

又十郎が眠りに就いてから、半刻も経っていなかった。

又十郎と富五郎が、家の土間に足を踏み入れると、友三は、喜平次に上体を支えられて、おていと並んで敷かれた薄縁に仰向けにさせられていた。

「友三さん、大丈夫かね」

富五郎が気遣わしげに声を掛けると、

「夜分に叩き起こし申し訳ありません。もう、どうかお引き取りを」

友三は、ものを言うのも難儀そうに、声を絞り出した。

「なにかあったんですか」

路地から声がして、戸口に立ったお由が家の中に首を伸ばした。

「夜鳴き蕎麦の屋台を出してる昌平橋で、何者かに痛い目に遭わされたらしいんだよ」

富五郎の説明を聞いて、お由は心配そうな面持ちで土間に入り込んだ。

和泉橋の居酒屋『善き屋』の仕事を終えて帰ってきたに違いない。

「友三さん、やった奴《やつ》は誰なんだ」

「それが、知らない男だったんだ」

低い声で喜平次に返答した友三は、さらに続けた。

「今夜の売り上げをよこせと、いきなり匕首《あいくち》を向けられたんだよ。いやだと返答すると、殴ったり蹴ったり、倒れたおれの懐から巾着《きんちゃく》を引きちぎって、屋台まで蹴倒して逃げて行きやがった」

友三は、力のない声でそう述べた。

「年恰好《としかっこう》は、どんな風だったね」

又十郎が尋ねると、友三は訝《いぶか》るような眼を向けた。

「明日の朝になったら、自身番に届けて置いた方がいいと思う。今後のこともあるし」

「うん、香坂さんの言う通りだ。広小路《ひろこうじ》の蔦次郎《つたじろう》親分は、見た目は冴《さ》えねぇが、目明しとしては評判がいいらしいからね」

喜平次が、又十郎に賛同した。

「若かったよ。年のころは、十八、九。目つきの鋭い、両国辺りでとぐろを巻いてるような野郎だった」

「分かった。そのことは明日の朝、おれが出がけに蔦次郎親分に伝えておくから、友三さんはゆっくり寝てるんだね」

喜平次がそう言うと、

「しかし、どう見ても通りすがりのようだったから、見つかるかどうか」

友三の声は、依然として弱々しかった。

『源七店』の路地は、朝の光に満ちていた。

その光が射し込む土間の近くに鏡を立てて、又十郎は髯《ひげ》を剃《そ》っている。

五つ（八時頃）を知らせる時の鐘を聞いてから半刻が経《た》った時分で、『源七店』も近隣も静まり返っていた。

長屋が騒がしいのは、日の出の前後くらいである。

隣家の富五郎は、六つ（六時頃）の鐘が鳴り終わるとともに、娘のおきよと連れ立って仕事に出掛け、女房のおはまは、朝餉の茶碗《ちゃわん》などを洗い終えるとすぐ下駄を鳴らして出掛けて行った。

朝餉を拵《こしら》える手を止めて、又十郎が開けっ放しの戸口から路地に顔を突き出すと、おはまは、風呂敷《ふろしき》包みを抱えて表通りへと歩き去った。

縫い上げた仕立物を届けに出て行ったと思われた。

又十郎はその時、友三の家の前に、壊れた屋台が置いてあるのを眼にしていた。

昨夜、友三を『源七店』に送り届けた中間が、暗いうちに届けてくれたに違いなかった。

向かいの家から戸の閉まる音がして、又十郎は鏡から顔を上げた。

路地に出たお由が、隣りの友三の家の戸口に立つのが見えた。

いつもなら針売りに出掛けている刻限だが、装りも普段着だった。

「友三さん、由だけど」

声を掛けてしばらくすると、中から返事があったものか、お由は友三の家の戸を開けて、中に入り込んだ。

友三の体の具合を心配したのかもしれない。

何度か髭剃《ひげそ》りを動かした後、又十郎は掌《てのひら》で頬を撫《な》でた。

剃り残しはなかった。

水桶《みずおけ》で手拭《てぬぐ》いを濡らして頬や顎《あご》、喉元《のどもと》を拭《ふ》くと、髭剃りを水桶の水で濯《すす》ぎ、乾いた手拭いで水気を拭った。

その時、開け放していた戸口の外に、お由が立った。

「ちょっと、構いませんか」

「どうぞ」

又十郎が框を手で指すと、

「それじゃ」

軽く会釈をして、お由は土間に足を踏み入れて框に腰を掛けた。

「友三さんに聞きましたけど、香坂様が朝餉を届けて下すったそうで」

「一人分も三人分も、作る手間はおんなじですから」

鏡と鏡立てを脇《わき》に除《よ》け、水の入った水桶を流しに持って行きながら、又十郎は返事をした。

「隣りに居ながら、気が回らなくてすみません」

苦笑を浮かべて、お由は小さく頭を下げた。

「今朝、針売りは」

土間の近くにやっと腰を落ち着けて、又十郎はお由に笑みを向けた。

「今日はほかに用事がありまして」

　お由はそう口にすると、

「それより」

　と、声を低めた。

「実は昨夜あれから、半刻ばかり起きていたんですが、友三さんとおていさんの小さな話し声が、壁を通して聞こえて来たんです」

「はい」

　隣りの話し声が壁を通して聞こえることが、長屋では特段珍しくはないということを、又十郎は江戸暮らしをして間もなく知った。

「友三さんはおていさんに、祥五郎《しょうごろう》にやられたと口にしたんです。奴が、金を持って行きやがったって」

「祥五郎というと」

　又十郎は、初めて耳にする名である。

「友三さん夫婦の娘の、お篠さんのご亭主の名なんです」

　お由の言葉に、又十郎は声を失った。

『源七店』に現れたお篠を、又十郎は二日ほど前に見かけたばかりだった。

　その亭主が、義父の友三の金を奪い取ったというのだろうか。

「友三さんは、昨夜の狼藉《ろうぜき》が祥五郎の仕業だとは、お篠さんには言うなと、おていさんに念を押していました」

「そのご亭主は、何をしている人だね」

「以前、おていさんの口から、表具師だと聞いたことがあります」

お由は、『源七店』に移り住んですぐの半年前、友三夫婦を訪ねて来たお篠夫婦と井戸端で会い、挨拶《あいさつ》を交わしたことがあると又十郎に告げた。

その何日か後、仕事に出掛けた友三に代わって、薬湯を飲ませに行った時、おていの口から、お篠の亭主、祥五郎の生業《なりわい》を聞いていたのだという。

「友三さんが昨夜口にしたことを、お篠さんに知らせた方がいいのか、黙ってたほうがいいのかどうか、香坂様に相談しようと思いましてね」

「その亭主がここに現れて、無体なことをしたというなら一言言っておくべきだろうが、わざわざ知らせて、向こうに波風を立てさせるのは、出過ぎというものかも知れないね」

「でも、このまま黙ってると、お篠さんにしても友三さん夫婦にしても、かえって可《か》哀相《わいそう》な気もしましてね」

呟きを洩らして、お由は腰を上げた。

「少し考えてみます」

そういうと、小さく腰を折ったお由は路地へ出て、己の家に戻って行った。

一人気ままに暮らしているように見えて、『源七店』の住人のことにも、案外気を揉んでいるのだと、ほんの少しお由を見直した。

そして、ふと、

「うちの人が、お金の無心に来なかった？」

二日ほど前『源七店』にやって来たお篠が、帰りがけ、二親に投げかけた心細げな言葉が、又十郎の耳に蘇《よみがえ》っていた。

八月の船宿は眼が回るほどの忙しさだと聞いていた通り、船宿『伊和井』の屋根船も猪牙船も、連日連夜、客を乗せて大川を上り下りしている。

喜平次ら三人の船頭は滴《したた》る汗を拭きながら奮闘していた。

秋とはいえ、残暑の続く夜など、船を仕立てて川の涼風を求めようというお大尽や風流人が結構いるようだ。

大ごとだったのは、八月一日だった。

その日は八朔《はっさく》という、吉原《よしわら》遊郭の紋日《もんび》だった。

吉原の妓楼《ぎろう》にとっても遊女にとっても紋日は稼ぎ時なのだが、揚げ代金がいつもよりも高くなるこの日、事情を知っている通は遊女を揚げるのを控えるのだという。

とはいえ、一日は吉原俄《にわか》が始まる日でもあった。

遊郭で働く芸者や幇間《ほうかん》が即興の踊りや芸を披露しながら、廓内《くるわ》の通りを流していく俄がある日は、誰でも廓に出入りが出来、しかも無料で観《み》られるというので、多くの見物人が押し掛けたようだ。

八月に入って九日も経つと、『伊和井』の板場は大分落ち着いていた。

『伊和井』の板場の外はすっかり暮れていた。

料理を作り終えた又十郎と弥七郎は、調理台で料理道具の手入れをし、親方の松之助は板張りに腰掛けて、のんびりと煙草《たばこ》を喫《の》んでいる。

同じ板張りでは、船頭の磯松と吾平《ごへい》、女中のおこんとおとき、それに佐江《さえ》がお櫃《ひつ》を真ん中にして座り、遅い夕餉を掻《か》き込んでいた。

「お、五つだな」

磯松が箸を止めて、ぽつりと口にした。

すると、夕餉を摂っていた他の四人も耳を澄ました。

静かな板場に、鐘の音が忍び込んだ。

バタバタと足音がして、女中頭のお蕗《ふき》が廊下から姿を現した。

「今夜は二組のお泊りだから、夜中の酒とかお茶とか、頼むよ、おとき」

「はぁい」

おときが、口に物を入れたままお蕗に返事をすると、

「あの、お酒の用意くらいは、わたしがしますので」

佐江が背筋を伸ばしてお蕗を向いた。

「そのやる気は買うけどさぁ」

お蕗が苦笑いを浮かべた。

「あんたが、男と女の寝間に入るのは、まだ、ちょいと早いね」

そう言うと、おこんは茶漬けの飯をさらさらと口に流し込んだ。

「一組は、お武家のようだな」

煙管《きせる》を叩いた松之助が、口を開いた。

「それがさ、女の人なんか、大家の奥方様と言ってもおかしくないくらい、値の張る着物を召しておいでだよ」

「年は」

好奇心も露わに、吾平は身を乗り出した。

「三十行ったか行かないかなんだけど、連れの侍は若くて、二十四、五」

お蕗は極端に声を低めた。

「なにも珍しいこっちゃねぇよ。船宿や出合茶屋なんかじゃよく見かける、どうせわけありの組み合わせさ」

磯松はそう断じて箸を置くと、弥七郎と又十郎の方を向いて、ご馳走《ちそう》さんと声を掛けた。

「今帰ったよ」

『伊和井』の裏から、喜平次が板場の土間に飛び込んで来た。

お帰りと、女中たちや船頭の二人から声が上がった。

「喜平次さん、夕餉は」

「もらいたいね」

喜平次が、弥七郎に返事をした。

「すぐに」

又十郎は頷いて、喜平次の夕餉の支度に掛かった。

奉公人の賄《まかない》は特別な物ではない。飯とつみれ汁は作ってあったし、牛蒡《ごぼう》や椎茸《しいたけ》、里芋の煮付けは温め直せばよい。

「さっきの三人連れは結構酔ってたけど、大丈夫だったの」

おこんが、茶を注《つ》いだ湯呑《ゆのみ》を喜平次の前に置きながら尋ねた。

「ありゃ駄目だぁ。一人は船酔いして唸るし、もう一人は船べりに捕まったまま、げえげぇ吐きやがって。あれじゃ、遊女相手に今夜は不首尾だろうよ」

へへと笑って、喜平次は着物の袖《そで》を肩の方に摘まみ上げた。

「お待ちください！　お待ちを！」

表の方から、『伊和井』の若い衆、惣助《そうすけ》の緊迫した声が上がった。

「ここに、川原新之助《かわはらしんのすけ》という侍が来ているであろう。その部屋へ案内《あない》せい！」

年の行った男の野太い声が続いた。物言いから武家に違いない。

表の方から、乱れた足音と共に、

「そこをどけ！」

「お侍様、困ります！」

と押し合いをしている気配が伝わった。

お蕗が表の方に駆け出したのを見た又十郎は、

「弥七郎さん、喜平次の夕餉を頼みます」

下駄を脱ぎ捨てて板張りに飛び上がった。

四

船宿『伊和井』の出入口は神田川に面している。

座敷で酒宴が催される夜は、客が帰って行く刻限まで入り口の行灯をともしているが、出入りがないと分かっている日は、五つ頃に灯を消すのが常だった。

裏の板場まで届いた騒ぎは、出入り口の三和土《たたき》を上がった先にある、階段の下で起きていた。

又十郎が駆け付けるとすぐ、後を追って喜平次も来た。

「お侍様、どうかお静かに願います」

番頭の嘉吉《かきち》は、階段を上がろうとしている中年の侍の前で、米搗《こめつ》きバッタのように何度も腰を曲げている。

大小の刀を差した桑染《くわぞ》め袴《ばかま》を穿き、黒の羽織を着た姿から、家格の高い部類の侍と見受けられる。

「そこをどけ」

興奮している侍の声に怯《おび》えながらも、惣助は通すまいと、間を置いて両手を広げている。

間を置いているのは、万が一にも侍に手がぶつかって、無礼打ちの憂き目に遭わないための用心だった。

「お武家様、ここには他のお客様もおいでですから、どうかお静かに」

お蕗と二人、遠巻きに様子を見ていた女将のお勢《せい》は、努めて穏やかに侍に声を掛けた。

「ならば、川原新之助をここへ出すか、部屋に案内致せ」

「女将さん、さっき宿帳を確かめましたが、そんな名のお方はおりませんのです」

「そんなはずはない」

嘉吉に向かって、侍が怒鳴った。

「若いお侍はお泊りですが、宿帳には、日本橋長谷川町《はせがわちょう》、小糸《こいと》、ほか一名とだけ」

お勢の背中に隠れているお蕗が口にすると、

「その二人の部屋はどこだっ」

吐き出すような声を発した侍は、嘉吉と若い衆を押しのけて階段を上がって行った。

「女将さんたちはここに」

そう言い置くと、又十郎は侍を追って階段を駆け上がった。

「おれも」

そう言って、喜平次が後ろに続いた。

二階の廊下は、小さな常夜灯だけで薄暗い。

身体全体から怒りを滲ませた侍は、声も掛けず襖を開いた。

が、その部屋に人けはないらしく、侍は次の部屋へと向かった。

「お侍、馬鹿なまねはやめなせぇ」

喜平次が目を吊《つ》り上げて侍の背後に近づいた。

「喜平次よせっ」

又十郎はそう口走ると、喜平次の腕を摑《つか》み、

「刀を抜かれたらことだ」

耳元で囁《ささや》くと、喜平次は慌てて足を止めた。

音を立てて襖を開けた侍は、廊下から薄暗い部屋に目を凝らした。

「おのれぇ、新之助」

侍の声に、部屋の中からひっと、小さな女の悲鳴がした。

「よくも、よくも小糸を！」

ぎりぎりと歯噛《はが》みをした侍は、いきなり刀に手を掛けて、引き抜いた。

「抜きやがった」

喜平次が口にした直後、刀を振り上げた侍が、部屋へ踏み込もうと動いた。

ガギッ――又十郎が侍の右腕に手刀を叩き入れたのと同時に、刀が部屋の鴨居《かもい》に当たった。

「ううっ」

呻《うめ》き声を発した侍は、刀から手を放して廊下に崩折れた。

武士らしく刀を腰に差してはいるものの、おそらく、狭い家の中で刀を振り回したことなどないのだろう。

鴨居に深く食い込んだ刀を外した又十郎は、喜平次に手渡すと、尻《しり》もちをついている侍の傍《そば》に片膝を立てて腰を落とした。

「お侍、狭い家の中なら、脇差《わきざし》を使うもんだよ」

又十郎の声が届かないのか、侍の眼は無念そうに部屋を向いている。

部屋の中に、乱れた寝巻姿の男と女が、廊下に背を向けて布団の上で項垂《うなだ》れていた。

階段で様子を見ていたらしいお勢や嘉吉、お蕗と惣助が廊下を進んで来た。

「どうしたらいいんでしょうかねぇ」

困惑したお勢が、ため息交じりに口を開くと、いきなり隣りの襖が開いて、男女二人が普段着姿で出て来た。

「人の恋路を邪魔するような野郎は、縛り上げて役人に突き出したほうがいいよ」

鋭い声でそう言い放ったのは、紛れもなく辰二郎《たつじろう》だった。

「お客様、申し訳ございません」

お勢が腰を折ると、嘉吉もお蕗も、惣助もそれに倣《なら》った。

「ほんとにもう、野暮天だよぉ」

辰二郎の後ろから声を出した女は、おれんだった。

二人が客を装って『伊和井』にいたのは偶然ではないと睨んだが、又十郎はそ知らぬふりをした。

「役人に引き渡すまで、これで縛《しご》んなよ」

辰二郎が、手にしていた赤い扱きを又十郎の目の前に差し出した。

「ですが、町奉行所では、お武家様のもめ事には踏み込めねぇでしょうが」

喜平次が横から口を出した。

「お裁きは出来ないが、奉行所から、どうしたものかと大目付か若年寄あたりにお伺いを立ててもらえばいいじゃねぇか」

「なるほど」

辰二郎の説明に頷いた喜平次が扱きを受け取って、侍を後ろ手に縛った。

その時、荒々しい足音がして、羽織袴の侍が階段を駆け上って来た。

「殿、このお姿はいったい何事でございます」

縛られた侍の近くで片膝を立てたのは、侍に装《な》りを変えた伊庭精吾である。

「あなた様は」

お勢が問いかけると、

「駿河台《するがだい》、表猿楽町《おもてさるがくちょう》に住まい致す、旗本、脇坂藤左衛門《わきさかとうざえもん》家の家臣でござる。主の供をして参り、船宿の表で待っておりましたが、なかなか出ておいでになりませんので、こうして駆け付けた次第」

伊庭は軽く頭を下げ、

「最前、階段の下で奉公人に話を聞いたところ、思いがけず、殿が狼藉《ろうぜき》に及ばれたとの由、後日改めて、幾重にもお詫《わ》び申し上げます故、今夜は一旦《いったん》主を引き取らせていただきたいと存じます」

と、頭を下げた。

「知らん。この者は、家臣などではない」

伊庭から殿と呼ばれた脇坂藤左衛門は、うつろな声を洩らした。

「気が動転してやがる」

そう呟いた喜平次が、ふんと鼻で笑った。

「これは些少《さしょう》だが」

伊庭は、懐から紙包みを出して、廊下に座っていたお勢の膝元に置いた。

「そそ、それはなんだっ。その方、何をするかっ」

藤左衛門は、突然唸り声を発して縛られた手をほどこうと暴れた。

「分かりました。今夜はこのままお引き取り下さいまし」

お勢が伊庭に両手を突いた。

「かたじけない」

頭を下げて立ち上がった伊庭は、

「お騒がせした」

と、『伊和井』の奉公人たちに頭を下げると、藤左衛門の腕を取って立たせた。

「これを」

喜平次が差し出した刀を、会釈して受け取った伊庭は、藤左衛門の腰の鞘《さや》に納めた。

「このことは、どうかご内聞に」

辰二郎とおれんにも頭を下げると、伊庭は縛られた藤左衛門の手を摑んで階段を下りて行った。

「さて、おれらも引き揚げるか」

辰二郎はおれんを促して、階段へと向かうと、

「お見送りを」

と、嘉吉が後ろに続き、惣助とお蕗もこの場を後にした。

「お客様は、どうなさいます」

お勢は、小糸と新之助の部屋に声を掛けた。

なにやら、ひそひそと声を交わしていたが、

「辻駕籠《つじかご》を二丁、呼んでもらいたい」

小糸の口から、精気のない声がした。

「承知しました」

お勢が立ち上がると、突然、新之助が声をあげた。

「わたしは、わたしはもう、駿河台のお屋敷には戻れません。小糸様、わたしは如何《いかが》すればよいのでしょうか」

「わたしとて、この先どうなるものやら」

小糸は、ため息をついて俯《うつむ》いた。

「わぁっ」

小さく叫んだ新之助は、布団の上に突っ伏すと嗚咽《おえつ》を洩らし始めた。

「お着替えになりましたら、帳場へ」

お勢は、部屋の二人に声を掛けると、又十郎と喜平次の先に立って階段を下りた。


十五夜の月見まであと四日という昼下がりである。

旗本、脇坂藤左衛門が『伊和井』に現れた日から二日が経っている。

又十郎は、久しぶりに早番の仕事を終えて『伊和井』をあとにした。

八月に入って以来、船客も座敷の客も、夕刻から夜にかけて押し掛けていたため、又十郎はこのところ、四つ半（十一時頃）から五つ過ぎまで板場に入っていた。

月見の客でごった返す十五日を前に、客足の少ない日は早めに切り上げていいと、女将の方から通達が出ていた。

早番は九つまでだが、いつも通り四半刻ばかり居残ってから、板場を出た。

「この前はどうも」

板場の裏の、大川まで延びる小路に出たところで、聞き覚えのある女の声がした。

建物と建物に挟まれている、第六天社《だいろくてんしゃ》の境内《けいだい》に続く小道から、おれんがそっと顔を出した。

「嶋尾様が、近くの立合茶屋でお待ちです」

おれんが、又十郎の耳元でそう告げた。

旅籠町《はたごちょう》二丁目代地の『すぎ原《はら》』という立合茶屋だと言うと、又十郎の傍から離れて行った。

立合茶屋というのは、商談や寄合などに一時席を提供する貸席業のことである。

立合茶屋『すぎ原』は、『伊和井』から少し北の方にある、信濃上田藩《しなのうえだはん》、松平伊賀守《まつだいらいがのかみ》家上屋敷の南側にあった。

「香坂だが」

名乗った又十郎が通されたのは、二階の、大川に面した八畳ほどの広さの部屋だった。

「船宿は、何かと忙しそうだな」

窓辺の敷居に腰かけて、美味《うま》そうに煙草を喫んでいた嶋尾久作が、部屋に入った又十郎に笑みを向けた。

先日の玉蓮院で見せた厳しい表情はなく、実に穏やかな面持ちである。

「船宿『伊和井』に伊庭と辰二郎らが現れた一件を、尋ねたいのではないかと推察して、教えに来たのだよ」

嶋尾は、又十郎が座るとすぐ、敷居に腰掛けたままそう口にし、煙草盆に煙管を叩いた。

開いた障子戸《しょうじど》の外から、船の櫓《ろ》の音が入り込み、やがて遠のいた。

「二日前の夜、『伊和井』で女と逢引《あいび》きしていた若侍は、旗本、脇坂藤左衛門の家臣、川原新之助。女は、日本橋長谷川町に住まう、脇坂藤左衛門に囲われている女よ」

嶋尾が口にしたことは、又十郎にも察しはついていた。

「而《しか》して、脇坂藤左衛門は、老中、水野越前守の従弟《いとこ》に当たる」

嶋尾の説明に思わず声を出しかけた又十郎は、〈あ〉の形に口を開けたまま瞠目《どうもく》した。

「以前から、水野越前様の親戚《しんせき》筋を調べていたところ、脇坂藤左衛門という、いささか色好みの従弟がいるということを一年前に知ったのだ」

しかも囲われ者の小糸が、藤左衛門の使いで度々妾宅を訪れる川原新之助とただならぬ仲になっていることを、半年前に突き止めていたという。

主の側妾《そくしょう》に手を付けた川原新之助の行状は、いわば不義密通と言えたし、家臣に裏切られた藤左衛門は、武士としての体面を失いかねない状況でもあった。

だが、当の藤左衛門は、側妾と家臣の密通を、露ほども疑っていなかったという。

「このことを、いつ使うか、我らはその折を待っていた」

ぽつりと洩らした嶋尾の口ぶりは、いささか冷ややかだった。

「二日前の朝、墓参のためにという口実で、脇坂家から外泊の許しを得た新之助は、その日の昼、神田川の南岸、柳原《やなぎわら》土手の柳森稲荷《やなぎもりいなり》へと向かった。四半刻の後、そこへ現れた小糸とともに、二人はなんと、その方が包丁を振るう船宿『伊和井』の客となったというわけだ」

嶋尾はすぐに、長谷川町の小糸と家臣の川原新之助が示し合わせて船宿『伊和井』にしけこんだという匿名の文を認《したた》め、脇坂藤左衛門の家へ投げ文をしたのだ。

文を眼にすれば、前々から把握していた性格から推察して、藤左衛門は必ず激高し、嫉妬《しっと》にも狂って『伊和井』に駆けつけるはずだと確信していたと、嶋尾は自信に満ちた顔をした。

「思った通りに事が運んだ」

嶋尾は、子供のような笑みを浮かべた。

なるほど――ここまで話を聞いて、又十郎は腹の中で呟いた。

伊庭が脇坂家の家臣と名乗ったのも、辰二郎とおれんが客として『伊和井』に居たのも、嶋尾の差配だったのだ。

嫉妬と怒りに前後の見境を無くした藤左衛門が船宿に押し入れば、騒ぎになることは間違いない。

もしかしたら、刀を抜いて小糸と新之助を斬《き》り殺すこともあるかもしれない。

だが、藤左衛門が不義の者を討ち取ったと主張すれば、『伊和井』の奉公人たちは、不義者二人を斬った者の名も知らないまま役人に届けることになる。

しかし、町人の犯罪を取り締まる町奉行所には、武士の悶着《もんちゃく》に関わる権限はなく、『伊和井』の無礼打ちは、闇《やみ》の彼方《かなた》に葬られることになるはずだった。

そうはさせないための証言者として送り込まれたのが、辰二郎とおれんであり、脇坂家の家臣に成りすました伊庭精吾の役目はそれを助けることだったのだ。

主の名を何度も口にし、奉公人以外の客の眼に晒《さら》すことで、脇坂藤左衛門に己の行状を内々で済ませることが出来ない状況を作るための一芝居だった。

「ご老中がお集まりの城内の控の間で、わが殿が、世間話のひとつとして、船宿『伊和井』に押し入った脇坂藤左衛門の所業をお話しになったら、その場に居合わせた水野様はなんとなされようかのう」

嶋尾は、薄笑いを浮かべて又十郎を見た。

「その上で、当家中屋敷に参られる永姫様をどうおもてなしすればよいか苦慮しておりますと、殿が冗談めかして口になされば、それが何を指すのか、明晰《めいせき》な水野様ならお察し下さるはずだ」

嶋尾は明言しなかったが、水野越前守が推奨したとされる永姫の浜岡藩中屋敷のお庭見物は、おそらく沙汰《さた》止《や》みになるだろうと、又十郎は読んでいた。


立合茶屋を出た又十郎は神田川の北岸に出て、神田八軒町へと足を向けた。

又十郎を呼び出した嶋尾久作が用件を話し終えた頃、

「船の用意が出来ました」

部屋に顔を出した茶屋の番頭が、嶋尾に告げた。

「その方は、ゆるりと」

嶋尾はそういうと、又十郎を部屋に残したまま、番頭の後から階段を下りて行った。

ゆるりと、と、そう言われても立合茶屋に残っても仕方のないことだった。

要するに、見送りは無用とでも言いたかったのかもしれないし、あるいは、船でどこへ向かうのか見られたくもなかったのだろう。

又十郎は佐久間河岸《さくまがし》を西に進み、和泉橋近くに差し掛かっていた。

佐久間町二丁目の角から現れた女の横顔に見覚えがあった。

思わず足を止めた又十郎に気付き、

「あぁ」

と、小さな声を出して足を止めたのは、友三の娘のお篠だった。

小さな会釈をして和泉橋に向かいかけたお篠は、再度足を止めると、身体ごと又十郎を向いた。

「この前は、お父っつぁんの怪我の心配をして下すったり、壊れた屋台の修繕をしたりして下すったそうで」

お篠が、深々と腰を折った。

「『源七店』からの帰りですか」

「えぇ」

「友三さんから聞きましたか」

「いえ」

「あ。大家さんだね」

又十郎が呟くと、お篠が大きく息を吸った。

「昌平橋で屋台を出してたお父っつぁんを痛い目に合わせ、その上、お金まで巻き上げたのは、わたしの亭主でした」

「友三さんが、そう言ったのかい」

そうとは思えなかったが、わざわざお篠に告げる者が他にいるとは思えなかった。

「昨日、三光新道《さんこうじんみち》の長屋に、針売りの途中だというお由さんが立ち寄って、お父っつぁんがおっ母さんに話をしていたのを、壁越しに聞いてしまったと、話してくれました」

お篠の告白に、又十郎は声もない。

お由の真意がうかがい知れなかったのだ。

「お由さんは、このことは黙っていようと思ってたらしいんです。だけど、今度いつまたわたしに会えるか分からないから、今のうちにと決心して、思い切って打ち明けることにしたと、そう言ってました」

お篠の話に、又十郎は黙って頷いた。そしてすぐ、

「それにしても、今度いつ会えるか分からないなどと、お由さんはどこか遠くへ行くような口ぶりだが」

「それは、わたしも気にはなったんですけど、お由さんの顔が笑っていたものですから、冗談だろうって、深く聞きませんでした」

「なるほど」

そう呟いて、又十郎がふうと息を吐くと、釣られたようにお篠まで息を吐き、橋の欄干から川面《かわも》を向いた。

刻限は七つ（四時頃）を過ぎた時分だが、西日は駿河台の方向に傾いている。

「ご亭主は、表具師だと聞いていたが」

又十郎は、横に並んでお篠に問いかけた。

「それが、ご贔屓《ひいき》に与《あずか》っていたお付き合いの古いお得意様と揉めた挙句、三月前、表具師の親方から暇を出されて」

両腕を欄干に載せたお篠は、か細く息を吐くと、

「それ以来、稼ごうともしないで、縫子をしているわたしの手間賃を当てにして、酒や博奕《ばくち》ばっかり」

と、続けた。

「そのことを、友三さんは知っているのかな」

又十郎の問いかけに、

「お父っつぁんは、外に出てますから、風の噂《うわさ》で、薄々とは感じているかもしれません」

お篠は頷いた。そして、

「でも、まだ、おっ母さんには話してないみたいです。今日も、うちの人の話は出ませんでしたから」

「ご亭主の事を、友三さんはなんと言ってるんだね」

「お父っつぁんは、何も言いません。いくら、困った亭主でも、わたしには、なにも言えないんです。昔の自分と同じようなことをしてるうちの人に、どうこう言えるはずはありませんから」

唇を嚙んだお篠が顔を上げ、挑みかかるように西の空を睨んだ。

友三が、女房のおていと幼いお篠を顧みることなく、繁華な街を遊び回っていたのは、およそ二十年以上も前のことだったという。

母子の暮らし向きなど頭になく、友三は何日も家を空け、帰って来ては料理屋で働くおていの稼ぎを奪い取って酒を飲み、また家を空けたようだ。

「おっ母さんは昼も夜も働いて、わたしと二人の暮らしを立ててたんです。暮らしの為《ため》だけじゃなく、お金がないと、お父っつぁんにひどく殴られるからでした」

母親のおていが病に倒れたのは、その頃の無理がたたったからだと、お篠は強く断じた。

「そんな親に似た男を亭主にしてしまうなんて」

その先の言葉を飲み込んだお篠は、小さくため息をつくと、和泉橋を渡り始めた。

橋を渡りきったお篠の背中が、小路の先に消えるまで見送って、又十郎は神田八軒町に足を向けた。

間もなく六つという頃おいだが、『源七店』の路地には夕日の色が残っている。

先刻まで、大家の茂吉や富五郎の女房、おはまの煮炊きをする臭《にお》いや煙が路地に漂っていたが、それはすっかり消え失《う》せていた。

「香坂だが」

又十郎は、友三の家の戸口に立って声を掛けた。

「どうぞ」

中から、友三の声がした。

又十郎が、戸を開けて土間に足を踏み入れると、布団に座り込んだおていの傍に友三も座り込んで、夕餉を口にしていた。

「おかげさまで、美味《おい》しくいただいてます」

小さめの丼《どんぶり》を両手に包んでいたおていが、軽く頭を下げた。

「潮汁は、久しぶりに作ったものでな。葱《ねぎ》のぶつ切りを入れてみたが、どうかね」

「その葱が、効いてます」

友三が、ぼそりと答えると、

「そりゃよかった」

又十郎は、小さく笑って上がり框に腰掛けた。

和泉橋でお篠と別れた又十郎は、そのまま『源七店』に戻ってきた。

すると、家の前に置いた夜鳴き蕎麦の屋台の引き出しに、箸や薬味を詰めたり、炭を補充している友三の姿があった。

「夕餉は済んだのかね」

又十郎が聞くと、まだだが、朝の残りの飯があるという返事だった。

「湯漬けにして、掻き込んで行くということだったが、湯漬けだけじゃ滋養がないから、潮汁を飲んで行くといい」

又十郎は夕餉作りを申し出た。

友三のためというより、久しぶりに早く『伊和井』を出たので、又十郎自身、夕餉を作る気になっていたのだ。

潮汁は、魚さえあれば素早く出来るうえに、旨《うま》い。

「ごちそう様」

箸を置いたおていが、又十郎に向かって頭を下げた。

空いた器をお盆に載せた友三が、土間の流しに運んだ。

「器はあとでわたしが洗うから、友三さんは出掛ける支度を」

「支度ったって」

「おていさんの薬湯は」

「それは、そこの土瓶に」

友三が、板張りの隅に置かれた土瓶を指さした。

友三が仕事で外に出たあとは、誰かがおていの様子を見るのは、『源七店』の住人の間では当たり前のことになっていた。

「あ、そうそう。言い忘れていたが、さっき、仕事から帰る途中、和泉橋の所でお篠さんにばったり会いましたよ」

「そりゃ」

そう言っただけで、友三は、

「それじゃ、香坂さん、わたしは」

眼で会釈をすると路地に出て、戸を閉めた。

「薬湯、飲みますか」

「はい」

おていは、またも頭を下げた。

又十郎は、板張りの隅の茶箪笥の中から湯吞を出すと、土瓶の薬湯を注いだ。

この家の、湯吞の在処《ありか》はとうの昔に把握していた。

土間に草履を脱いで上がり、又十郎は湯吞をおていの手に持たせた。

おていは、両手で湯吞を包み、ひと口ふた口と飲んだ。

「そうですか、和泉橋で、お篠と」

「えぇ」

又十郎は、おていに頷いてみせた。

「昼過ぎに、縫子の仕事が終わったからって、立ち寄って行きました」

おていは、湯呑を包んだ両手を膝の上に置いた。

「家は三光新道だというから、近くていい」

又十郎が笑みを向けると、おていは、

「でも、今日、あの子、なにしに来たのか」

呟くように言うと、そっと顔を伏せた。

「近いし、二親の様子を見に来たんでしょう」

又十郎は屈託のない物言いをした。

「来ても、たいして話もしないんですよ。黙って湯を沸かして、わたしとうちの人に茶を淹れて、自分は膝に置いた両手をただただ揉んで、それで帰って行きました。お会いになった時、あの子、何か言ってませんでしたか」

「なにか、とは」

「暮らしのこととか」

そう言って、おていは顔を上げた。

「いえ」

「亭主のこととか」

「いえ」

又十郎の返事に、おていはまた顔を俯けた。

「近くに住んでいても、いままで滅多に顔を出さなかったんですよ。それなのに、このところ、立て続けに来るもんですから、なにかあったのかと」

おていの声は消え入りそうになった。

「お、友三さんこれからですか」

路地から、大家の茂吉の声がした。

急ぎ土間に下りた又十郎が、細目に戸を開けて路地を覗くと、屋台を担いだ友三の背中が木戸を潜って表通りに向かって行くところだった。

「お篠のことでは、うちの人も気を揉んでいるんです」

そう呟いたおていは、膝の上に置いた薬湯の湯呑にじっと眼を落としていた。


『源七店』の、向かい合った三軒長屋の路地の頭上に、満月に近い月があった。

満月になるのは四日後の十五日だが、少し早めの月見と言えた。

又十郎は、友三の家から空いた器を持ち帰ると、一人で夕餉を摂った。

夕餉の後、土間の框に腰掛けて、月見酒と洒落込《しゃれこ》んでいるのだ。

二合徳利《とっくり》に入れていた酒が、残り少なくなっている。

五つを知らせる鐘が鳴ってから、ほんの少ししか経っていない。

ぱたぱたと、草履の音が近づいて、又十郎の家の戸口に喜平次が立った。

「あ、飲んでるね」

開けっ放しの戸口から首を差し込んだ喜平次が、声を上げた。

「あと少ししかないが、やるか」

又十郎は徳利を摘まんで見せた。

「いただきます」

土間に入り込んだ喜平次は、流しの近くにある茶簞笥から湯呑を取り出して、手酌をした。

「少し早めの月見酒だ」

そう言うと、喜平次は湯呑の酒を口に含んだ。

「そうそう。香坂さんに渡すものがあったんだ」

喜平次が湯呑を置くと、懐から書状を取り出した。

「夕方、神田川で船の掃除をしていたら、廻船問屋『丸屋』の番頭さんから声が掛かりましてね」

喜平次が口にした番頭というのは、吉兵衛《きちべえ》のことだろう。

浜岡生まれの『丸屋《まるや》』の水主《かこ》、貞二《ていじ》への文を引き受けてくれたのが、番頭の吉兵衛だった。

「今朝、香坂さん宛《あて》に文が届いたが、なかなか店を出られず、夕刻になってしまったと言ってたよ」

喜平次が差し出した書状を受け取ると、表の宛先は又十郎になっていて、差出人は『貞二』だった。

「読んでいいかな」

喜平次に断って、又十郎は土間から離れたところに置いていた行灯の近くで書状を開いた。

いきなり、差出人を『貞二』にしたのは用心のためだという文言から始まっていた。

そう認めているのは、豊浦《とようら》の漁師、勘吉《かんきち》だった。

勘吉によれば、『丸屋』の水主、貞二から文を受け取ったのは、七月の末だという。

そこには万寿栄《ますえ》宛の文もあったので、実家の兵藤家《ひょうどう》を訪ねると、生憎《あいにく》の留守だった。

しかし、勘吉は、又十郎の義父、兵藤嘉右衛門《かえもん》から、藩の祐筆《ゆうひつ》であり、義弟、兵藤数馬の幼馴染《おさななじみ》である、山中小市郎《やまなかこいちろう》とともに万寿栄は江戸へ向けて国を出たと聞かされたと文に記している。

その江戸行きは、国家老、馬淵平太夫《まぶちへいだゆう》のお声掛かりだということも記されていた。

息を止めて読んでいた又十郎は、顔を上げて大きく息を継いだ。

「なにごとですか」

喜平次が、驚いたような声を出した。

「あ、いや、なんでもない」

又十郎は、また文に目を戻した。

文の最後の方には、又十郎の書状に書かれていた場所に送るのは心配なので、用心のため、江戸の『丸屋』に、貞二の名で送ることにすると、勘吉は認めていた。

又十郎はゆっくりと文を畳みはじめた。

畳みながら、江戸に向かっている万寿栄の足の動きを思い浮かべた。

その足がすぐそこまで近づいているのだと思うと、酒のせいではなく、又十郎の心の臓は高鳴った。

第四話　万寿栄

一

　昼下がりの船宿『伊和井《いわい》』の板場は、いつものように静まり返っている。

　夜の料理の仕込みが一段落すると、親方の松之助《まつのすけ》はふらりと姿を消し、弥七郎《やしちろう》は少し横になると言って、板場の隣りの納戸に行った。

　板場に残った又十郎《またじゆうろう》は、さっきから板張りの端に腰かけて、ぼんやりと冷めた茶を飲んでいた。

「女将《おかみ》が、帳場で呼んでるぜ」

廊下から板張りに入ってきた松之助が、声を掛けながら又十郎の後ろを通り過ぎた。

「それじゃ、ちょっと」

又十郎は下駄を脱いで板張りに立った。

松之助は何も答えず、煙管《きせる》に葉を詰め始めた。

板場を後にした又十郎は、表の方に廊下を進んだ。

「お呼びだそうで」

帳場《ちょうば》格子《ごうし》の向こうに座っていたお勢《せい》に、又十郎は廊下から声を投げた。

「中へどうぞ」

お勢は、手で促した。

又十郎が帳場に入るとすぐ、

「香坂《こうさか》さん、なにかございましたか」

気づかわしげな声を出したお勢は、探るような眼《め》を向けた。

「なにかとは」

「ここの仕事がいやになったとか」

「そんなことはないが」

思いもしないお勢の問いかけを、又十郎は慌てて打ち消した。

「さっき、親方が口にしてたんですよ。今日の様子を見ていて、香坂さんには落ち着きがないとかなんとか。それで、もし、仕事がいやになったとお言いなら、無理に引き留めないでおく方が本人のためじゃないかともいうもんですからね」

又十郎には、返す言葉がなかった。

「やっぱり何かあるんですね」

そういうと、お勢は小さくため息をついた。

「なにも、ここでの仕事がどうとかいうことではないんですよ。ただ、少し気掛かりなことが持ち上がって、心定まらずというか。だが、これからはちゃんと身を入れて務めますので、仕事は続けさせてもらいたい」

太腿《ふともも》に両手を置いて、又十郎は深々と頭を下げた。

「気持ちを聞いて安心しました。今後ともひとつ、よろしく」

お勢から言葉を貰《もら》うと、もう一度頭を下げて、又十郎は帳場をあとにした。

落ち着きのなさの理由はよく分かっていた。

八月十一日の昨日、廻船《かいせん》問屋『丸屋《まるや》』の番頭から頼まれて、喜平次《きへいじ》が届けてくれた文の内容が、又十郎の胸にさざ波を立てていたのだ。

石見国《いわみのくに》、浜岡《はまおか》の漁師、勘吉《かんきち》からの文には、妻の万寿栄《ますえ》が、藩の祐筆《ゆうひつ》、山中小市郎《やまなかこいちろう》とともに江戸に向かったと認《したた》められていた。

又十郎が藩命として斬《き》った兵藤《ひょうどう》数馬《かずま》は、妻の実弟であり、小市郎とは竹馬の友という間柄だった。

先々月の下旬だったが、目付《めつけ》の嶋尾《しまお》久作《きゅうさく》から、又十郎の行方に関《かか》わって国元から江戸に人が来ると聞かされたことがあった。

その時、江戸に人が来ることを知っているのかと問われたのだが、無論、知る由はなかった。

しかし、今になって思えば、江戸に向かったのが万寿栄と小市郎だと知って、嶋尾は又十郎に探りを入れたのかもしれない。

ふたりの江戸下りは、嶋尾にとっては思いがけない出来事だったのだろう。

そのことに、又十郎が密《ひそ》かに関わっているのではないのかと、疑念を抱いていたとも考えられる。

そんなことをあれこれ思い浮かべていたら、あっという間に板場に着いた。

煙草《たばこ》を喫《の》んでいる松之助を眼にすると、

「親方、これからは身を入れて働きますので、今後ともひとつ、よろしくお願いします」

又十郎は、両手を突いた。

松之助は何も言わず、ただ、ぷふぁと煙草の煙を天井に向けて吐いた。

神田川《かんだがわ》の川面《かわも》に丸い月が浮かんでいる。

水の流れは穏やかだが、月の形は小さく揺れている。

又十郎は、神田川の北岸、向柳原《むこうやなぎはら》の通りを和泉橋《いずみばし》の方へと向かっていた。

板場の遅番は、五つ（八時頃）までだが、長っ尻《ちり》の客や片付けの段取りによって、刻限通りにはいかないことがある。

又十郎が『伊和井』を出たのは、五つを四半刻《しはんとき》（約三十分）ばかり過ぎた時分だった。和泉橋の袂《たもと》に近い神田佐久間町《かんださくまちょう》二丁目の角に、時々足を踏み入れる居酒屋『善《よ》き屋《や》』があった。

名を記した軒行灯《のきあんどん》はないが、縄暖簾《なわのれん》の下がった戸口のくすんだ障子戸《しょうじど》に、墨痕《ぼっこん》のかすれた『善き屋』という字が見える。

『源七店《げんしちだな》』のある神田八軒町《はちけんちょう》は、『善き屋』の前の小路を奥へ入るのだが、又十郎は足を止めた。

酒でも飲まないと、昨夜のように眠れなくなると困る。

それに、今日は板場の上役に気を揉《も》ませてしまった己の不甲斐《ふがい》なさに腹が立っていたから、己を宥《なだ》めるにも酒が一番だろう。

「いらっしゃい」

又十郎が店の中に足を踏み入れるとすぐ、お運びをしていたお由《よし》から声が掛かり、

「あちらへ」

と、土間の奥の席を示された。

二人が差し向かいで座るには丁度いい広さの板張りの台が、土間に三つ、ぽつんぽつんと、まるで島のようにあるので、又十郎は〈小島〉と呼んでいた。

「酒を」

お由に注文した又十郎は、草履《ぞうり》を脱いで〈小島〉に上がった。

入り口を入って左手にある板張りは、八畳ほどの広さだが、遊び帰りらしい男の三人連れや屋敷を抜け出した中間《ちゅうげん》二人、それに酔い潰《つぶ》れた職人と思《おぼ》しき連中などが飲み食いをしている。五分ほどの客の入りで、店は落ち着いていた。

「お待たせを」

徳利《とっくり》と二つの猪口《ちょこ》の載った盆を持って来たお由が、土間に足を付けたまま〈小島〉に腰をかけた。

「注《つ》がれるのはお嫌いでしょうが、最初だけ」

お由は、摘《つ》まんだ徳利を又十郎の前に突き出した。

「では、遠慮なく」

お由の酌を受けた又十郎は、徳利を受け取ると、酒を勧めた。

「いただきます」

お由も盆に載っていた猪口を手に取った。

又十郎が注ぎ終わると、二人はなんとなく猪口を捧げるようにして、口に運んだ。

「昨日、和泉橋でお篠《しの》さんとばったり会ったよ」

ふと思い出して、又十郎が口を開くと、お由は猪口を持つ手を止めた。

「友三《ともぞう》さんが昌平橋《しょうへいばし》で、お篠さんの亭主に痛めつけられた上に、金まで持って行かれたことを話したそうじゃないか」

又十郎は、特段咎《とが》めだてをするつもりはなかった。

「隠しておいても、友三さんにもお篠さんにも、何の得もないと思ったもんですから」

淡々と答えたお由は、猪口を口に運んだ。そして、

「誰《だれ》も、なんにも言わなかったら、亭主の祥五郎《しょうごろう》は図に乗って、これからも友三さんにたかりに来ますからね」

と、続けた。

「しかし、友三さんだって、言いなりにはなるまい」

「いえ、友三さんは、祥五郎に無心をされたら、きっと応じます。お篠さんがお金の工面に飛び回って、苦労しなくても済むようにと」

冷めた物言いをしたお由を、又十郎は唖然《あぜん》として見た。

「友三さんは、お篠さんに憎まれていることを知ってるんですよ」

お由の口から飛び出す話のひとつひとつが、又十郎を驚かせた。

植木屋や、左官屋の半纏《はんてん》を羽織った三人の職人たちが板張りを下りて、土間に立った。

「お帰りですか」

腰を上げたお由が、ふらふらと覚束《おぼつか》なく立っている三人連れの職人の方に行った。

「お酒三合、目刺しと漬物代で、百二十二文」

「というと、一人頭、いくらになるね」

「ちょっと待って」

お由は、板場の入り口近くの棚に置いてある算盤《そろばん》を引き寄せ、素早く弾《はじ》いた。

「あぁあ。面倒くさいから、一人、四十文（約千円）でいいよ」

「お由さん、いつもすまないねぇ」

左官屋の半纏を着た中年の男が、懐から巾着《きんちゃく》を引っ張り出して、銭勘定を始めた。

その様子をちらりと見た又十郎は、手酌をして、猪口を口に運んだ。

「ありがとうございましたぁ」

お由は、職人の三人連れを外に送り出すと、障子戸を閉めて又十郎の席に戻ってきた。

「小伝馬町《こでんまちょう》でお上の御用を務めていたという、白髪頭の目明しが、この春、よく飲みに来ていたんですよ」

〈小島〉に腰かけるとすぐ、お由は口を開いた。

その目明しと会った時は、すでに十手を倅《せがれ》に譲って、一線から身を引いていたという。

「わたしは、神田八軒町の『源七店』だというと、その目明しがふっと天井を見上げて言うんですよ。あぁ、大工の友三が引越しした先だなって」

そう言うと、お由は自分の猪口に酒を注いだ。

お由によると、その老目明かしは、『源七店』に住まいを替える前の友三をよく知っていたらしい。

又十郎は以前、『源七店』に移り住んだのは十年前だと、友三の口から聞いていた。

それ以前を知っていた老目明かしは、元来、友三は腕のいい大工だったと口にしていたという。

だが、博打《ばくち》と酒で身を持ち崩し、二十二、三年前、喧嘩《けんか》騒ぎを起こして、江戸払いを命じられた。

三年経《た》って江戸に戻って来た時、お篠は七つになっていて、おていは病勝ちの身でありながら、母子二人の暮らしを支えていたのだった。

友三はそれから夜鳴き蕎麦《そば》の屋台を担ぎ、毎晩、商いに出掛けるようになったのだが、お篠は一切、父親とは口を利かなかったと言って、老目明しはため息をついたという。

「お篠さんが、十二になったとたん長屋を出て、呉服屋で住み込みの奉公人になったのは、友三さんとひとつ屋根の下で暮らしたくなかったからだとも打ち明けてくれましたよ」

老目明しが話してくれた父娘の事情を口にしたお由の声は、いたわしそうな響きがあった。

先日、お篠が口にした昔話よりさらに悲惨な内容に、又十郎は何も言えず、猪口に残っていた酒を飲み干した。

お由がすかさず徳利を手にすると、又十郎の猪口に酒を満たした。

「わたし、思うんですけどね。友三さん、ほんとは、そんな男とは別れろと言いたいはずなんですよ。だけど、お篠さんからどんな言葉が返って来るのかが恐くて、何も言えないでいるんじゃありませんかね」

呟《つぶや》くように話すと、お由は、自分の猪口にも酒を注いだ。

「だからわたし、友三さんが何か言えるようにと、亭主のしたことをお篠さんにぶちまけたんですよ。お篠さんが、友三さんに相談出来るきっかけにでもなればいいと、そう思って」

「なるほど」

お由の真意を聞いて、又十郎はいささか感銘を受けた。

「でも、わたしが話したことで、お篠さん夫婦がどうなるか、一方ではそれも心配なんですよ。ですから香坂様、友三さんやお篠さんたちになにかあったら、助けてやって下さいましね」

そんなお由の物言いに、又十郎は思わず眉《まゆ》を顰《ひそ》めた。

「お由さん、近々、どこかへ行くのかい」

思い切って問いかけた。

「どうして」

「友三さんに無体なことをしたのが亭主の祥五郎だと話しに行ったとき、お篠さんに、今度いつまた会えるかわからないからと言ったそうじゃないか」

又十郎がそう言うと、ふふふと、お由は含み笑いをした。

「ご存じの通り、昼間は針売りで、夜は『善き屋』で酒飲みの相手ですから、日がな一日長屋に居るなんてことは滅多にないでしょう。となると、周りに眼が行かないときがありますし、香坂様に目配りをしてもらおうと思っただけですよ」

お由の声は陽気だったが、話の内容は、俄《にわか》には信じられなかった。

お由が口にした不安は、『源七店』の住人たちが、前々から、当たり前のように気配りをしているし、いまさら念を押すほどのことではないのだ。

「炒《い》り豆腐、上がったよ」

板場から声が掛かり、お由は、

「ごちそう様でした」

笑みを残して、又十郎のいる〈小島〉から離れて行った。


着流しの帯に刀を差した菅笠《すげがさ》の又十郎は、太吉《たきち》の後ろに続いてのんびりと足を動かしている。

九つ半（一時頃）の日射《ひざ》しは真上から照っているが、ひと月前の日の光と比べれば凌《しの》ぎやすい。

又十郎が『善き屋』に立ち寄った夜の翌日の十三日である。

「香坂のおじさん、今日の仕事が終わるのは何刻だい」

船宿『伊和井』に現れた太吉が、そう尋ねたのは、正午まであと四半刻という時分だった。

太吉は、築地《つきじ》の波除稲荷《なみよけいなり》を塒《ねぐら》にしている五人の孤児《みなしご》のうち、一番年かさの少年である。

太吉が『伊和井』に現れた時、又十郎は板場の外にある井戸端で里芋の泥を落としていた。

盥《たらい》ほどの大きさの桶《おけ》に大量の里芋が水に浸《つ》かっていて、襷《たすき》がけの上に尻《しり》っ端《ぱ》折《しょ》りというでたちで泥を落としていた。

普段はこれほどの里芋は使わないのだが、二日後の十五夜の月見には、団子とともに里芋を供物として玄関や縁側に飾るし、月見客の料理の膳《ぜん》にも供することになっていた。

当日は何かと忙《せわ》しないというので、里芋は前もって泥を落とし、皮を剝《む》いておく段取りが毎年の恒例になっていると、弥七郎から聞いていた。

「今日は早番だから、九つ（正午頃）に終わるが、すぐに出るというわけにはいかんな。後片付けやらなにやらあるからな」

「終わるまで待つよ」

ことも無げにそう言った太吉は、

「香坂のおじさんを築地に連れて来てほしいと頼まれたんだよ」

と打ち明けた。

名前は言わなかったが、なんともうだつの上がらなそうな侍だという話だった。

早番の仕事が終わり、又十郎が太吉とともに『伊和井』を後にしたのは、九つを四半刻ばかり過ぎた時分である。

浅草橋《あさくさばし》を渡ると、又十郎と太吉は、小伝馬町の牢《ろう》屋敷近くを通って、江戸橋《えどばし》に出た。

誰が又十郎を連れて来るように頼んだのか、道々思案したのだが、思い当たらない。

太吉のいう、うだつの上がらなそうな侍なら、浜岡藩下屋敷の筧道三郎《かけいみちさぶろう》だが、自ら又十郎の前に姿を現したことのある男が、今更手の込んだ呼び出し方をするはずはあるまい。

あれこれ思案しているうちに、又十郎は、楓川《もみじがわ》が八丁堀とぶつかる白魚橋《しらうおばし》に差し掛かっていた。

白魚橋を渡ると、すぐ左手にある真福寺橋《しんぷくじばし》を渡った先が南八丁堀《みなみはっちょうぼり》となる。

この辺りの道に明るい又十郎と太吉は、近江国《おうみのくに》、膳所《ぜぜ》藩《はん》、本多《ほんだ》家の上屋敷前を南へと向かい、築地川《つきじがわ》に架かる橋を渡って、武家屋敷の建ち並ぶ木挽町《こびきちょう》築地中通りへと歩を進めた。

初めての四つ辻《つじ》を左に曲がった先に、築地本願寺の塀が見えた。

本願寺の総門は、太吉たちが背にしている波除稲荷の方にあるのだが、なにもそこまで足を延ばすことなく境内《けいだい》に入ることは出来る。

本願寺の西端に沿って一町ほど南に向かうと、脇門《わきもん》があり、そこから境内に足を踏み入れられるのだ。

脇門からまっすぐ東西に延びる道は、本堂のある敷地と、五十を超す塔頭《たっちゅう》が密集している敷地を南北に分けて、築地川まで繋《つな》がっている。

「その侍は、どこで待っているんだ」

本堂への入口である唐門《からもん》の近くで、又十郎は足を止めた。

右手には総門から続く参道があり、多くの人の往来があった。

「こっちだよ」

太吉は先に立って、唐門を潜《くぐ》って行った。

唐門の北に大屋根を冠した本堂が聳《そび》え、その周辺の鐘楼《しょうろう》や堂宇《どうう》はもとより、茶店に出入りする人もいて、境内は賑《にぎ》わっている。

又十郎は、前を行く太吉に付いいて、本堂に向かって右手の方に建つ鼓楼《ころう》を回り込んで、池の畔《ほとり》に立った。

池の水は、近くを流れる築地川から引き込まれた水なのかもしれない。

池の畔に植わった松の木の陰から、人影が現れた。

「坊主、ご苦労だったな」

太吉に声を掛けたのは、腹を突き出した袴《はかま》姿の筧道三郎だった。

二

「香坂又十郎、おぬしは、兵藤数馬殿の義兄というではないか」

太吉を去らせて二人だけになった途端、いきなり筧はそう切り出した。

場所も、筧に誘われるまま、池の畔から本堂の東側に移している。

本堂と対面所を繋ぐ橋懸《はしが》かりの辺りは西日が遮られているうえに、参拝者の往来もそこそこあって、込み入った話をするにはかえってよさそうな場所ではある。

「国元の祐筆、山中小市郎殿と、お主のご妻女は、四日前、江戸に入られた」

あまりにも意外な筧の言葉に、又十郎は息を飲んだ。

「山中殿は、兵藤数馬とその義兄、香坂又十郎の行方を探求するために江戸へ来たと申された」

「小市郎と妻に会ったのか」

又十郎は、思わず足を一歩、前に出した。

「いや、山中殿と面会した中屋敷の知り合いが、昨日、渋谷《しぶや》の下屋敷にやって来て、知らせてくれた。しかも、お主のご妻女は、数馬殿の実の姉上だというではないか」

数馬や小市郎の名を口にする筧の物言いには、敵対心など微塵《みじん》もなく、むしろ親しみが籠《こも》っていた。

そのことから、筧はどうやら数馬や小市郎とは、志を同じくする者同士だと思える。

「三年前、勘定方として江戸屋敷に詰めていた数馬殿と知り合い、意気投合したのだよ」

筧は、又十郎の推測を補うかのように口を開いた。

数馬が江戸詰めとなっていたのは一年間だが、筧にとっては実に濃密な月日だったという。

江戸見物をしたり、飲み食いをしたりしながら、江戸の下屋敷にいては知りようもない国元のこと、藩の重役の人物関係などを、数馬に教えられたようだ。

それは、石見国、浜岡藩の歴史そのものだった。

江戸幕府の草創期、浜岡の初代藩主は安藤《あんどう》氏であり、その頃《ころ》の重臣、馬淵《まぶち》、大泉《おおいずみ》、山中、今中《いまなか》の四家は、安藤氏の後に百年ほど続いた池田《いけだ》氏が藩主となった世も、生え抜きとして永らえて、今日まで続く家柄である。

しかも、藩主が誰に替わろうとも、馬淵家は永久に家老職を勤めてよいという、江戸幕府のお墨付きを得ていた。

池田氏が移封された六十年前、上州《じょうしゅう》から浜岡に移り、藩主になったのが松平《まつだいら》照政《てるまさ》で、当代の藩主、忠熙《ただひろ》の祖父に当たる。

その時、照政に付き従って来たのが、本田《ほんだ》家を筆頭とする、平岩《ひらいわ》家、真壁《まかべ》家、都築《つづき》家ら、上州派と称される四家だった。

浜岡の生え抜きの四家と上州派の間に、対立はなかった。

だが、それは表に出なかっただけで、長い年月の間に、反目や不満、妬《ねた》み嫉《そね》みが芽生えていることを、又十郎は今年になってから、数馬に教えられていた。

「某《それがし》も、数馬殿に教えられたのですよ」

そう言って、筧は大きく息を吐いた。

江戸詰めを終えて浜岡に戻った数馬と、筧は頻繁に文のやり取りをしたという。

その時、数馬は本田家を筆頭とする上州派の狡猾《こうかつ》な暴走に危惧《きぐ》を抱いていた。商業に重きを置く上州派は廻船問屋などの商人と結びつきを強め、農政に力点を置く浜岡生え抜きの四家との溝が明らかになった。

だが、船の交易などで得る収益で藩の財政は潤い、上州派はじわじわと人事権を握り、藩政の中心に居座ることとなった。

そんな藩政に危機を感じた数馬は、小市郎ら若手藩士と組んで藩政の改革を標榜《ひょうぼう》するようになったのだ。

「文には、改革が必要だと訴える数馬殿の熱い思いが溢《あふ》れておった。そこで、それがしは江戸で、数馬殿が訴える藩政改革の同志を、密《ひそ》かに集めているのですよ」

まだまだ数は多くありませんがねと、筧は付け加えた。

「今年になって、数馬殿の文には、国家老、本田織部《おりべ》ら上州派が、廻船問屋『備中《びっちゅう》屋《や》』と組んで、密かに抜け荷に手を出しているらしいと認めてあった。しかも、それを探るために、浜岡藩の領内には公儀の隠密が潜り込んでいるらしいともいうのです。このままでは、藩の行く末にも関わると憂えた数馬殿は、参勤で江戸に向かわれた藩主、忠熙公に訴えるべく、後を追うように脱藩したのですよ。あ、このことは、香坂殿もご存じかもしれぬが」

一気に話し終えて、筧は大きく肩を上下させた。

しかし、浜岡にいる時、又十郎は国を出た数馬の真意など知る由もなかった。

筧によれば、数馬が江戸に着いたのは四月に入ってすぐだった。

江戸に来た理由を知っていた筧ら江戸の同志は、相談の上、数馬を目黒《めぐろ》不動前の成《じょう》就院《じゅいん》に匿《かくま》ったのである。

渋谷の浜岡藩下屋敷に出入りする桐ケ谷《きりがや》村の百姓が檀徒《だんと》と分かり、数馬を成就院に逗留《とうりゅう》させることが出来たのだった。

数馬や筧ら江戸の同志たちは、屋敷から出る藩主に訴状を差し出す機会を探り続けた。

そして遂に、藩主、忠熙が、小石川にある菩提寺《ぼだいじ》に墓参に行くため、四月二十日に上屋敷を出ることが分かった。

「それを知って、上屋敷のある外桜田《そとさくらだ》から小石川への道中、どこで藩主の乗り物を待てばよいか、数馬殿も交えて急ぎ話し合うことになった。忘れもしない四月十七日、渋谷道玄坂町《どうげんざかちょう》の料理屋で同志数人と数馬殿の到着を待ったのだが、刻限の六つ半（七時頃）から一刻（約二時間）が経っても二刻が経っても参られぬ。翌朝、同志の一人が成就院を訪ねると、数馬殿は昨夕、裏門から出たとのことだった。それ以来、行方が知れぬのでござる」

そう言い終えた筧の表情は曇っていた。

「後に、同志の何人かから聞いたのだが、密かに数馬殿を訪ねた際、成就院の近辺をうろつく怪しげな者を何人か見かけたというのだ。もしかしたら、数馬殿の居所を突き止めていた江戸屋敷の横目《よこめ》に後をつけられ、渋谷へ行く途中」

そこまで口にして言葉を断ち切ると、重苦しいため息を洩《も》らした。

成就院を出た数馬をつけた中に、確かに横目はいた。

横目と共に、又十郎もいた。

又十郎はその時、横目の同行を強引に拒み、目黒元富士《めぐろもとふじ》の夜の境内で数馬と剣を向け合った。

そこで初めて、数馬の口から浜岡藩の行く末を憂える熱い思いを聞き、脱藩という大罪を負う覚悟で国を出たのだと打ち明けられたのだ。

だからと言って、又十郎は藩命に背くことは出来なかった。

数馬を見逃せば、万寿栄は当然のことながら、実家の兵藤家、又十郎の実兄一家にも何らかの処断が下されるのである。

四月十七日の夜、又十郎は断腸の思いで数馬を斬った。

「香坂殿は藩命を帯びて国を出られたと、山中殿から伺っているが、藩命とは何事でござる」

筧に問われたが、返事のしようがなかった。

「藩命を帯びているのなら、何ゆえ長屋住まいをし、しかも浪人に身をやつしておられるのだ」

筧から、矢継ぎ早の疑念を向けられた又十郎は、

「それは、まだ言えぬ」

と、誤魔化した。

「まだとは」

筧から更に追及された又十郎は、ただ、

「目途《めど》がつくまでは、まだということだ」

と、逃げたが、背中はじっとりと汗ばんでいる。

突然、本堂の回廊に吊《つ》るされた半鐘が鳴り響いた。

本堂の中で、昼の勤行が始まったのかも知れない。

「山中小市郎と妻の万寿栄は、いったい、江戸のどこに」

「お二方とも、江戸家老の一人、大谷庄兵衛《おおたにしょうべえ》様のお屋敷に逗留しておいでだよ」

「そこは」

「西久保神谷町《にしくぼかみやちょう》だが」

筧が口にした町名に、又十郎は心当たりがあった。

増上寺《ぞうじょうじ》境内にある時の鐘の西方に位置する一帯である。

「筧殿、妻に会うことは出来ぬものだろうか」

又十郎の声が、ほんの少し掠《かす》れた。

「大谷様のお屋敷に出向くということでござるか」

「いや、わたしがご家老のお屋敷に近づくことは憚《はばか》られる、出来れば、妻に、屋敷から出てもらうほかないのだが」

「それは、ちと難儀ですな」

少し考えた筧は、ため息交じりで返答した。

万寿栄と同行してきた山中小市郎は、国家老、馬淵平太夫《へいだゆう》の使いで江戸に下り、兵藤数馬、香坂又十郎の消息を見つけるという役目柄、上屋敷に行くことも江戸市中を動くことも許される。

しかし、脱藩者となった夫と弟を持つ万寿栄は気ままには動かせまいと、筧はいう。ましで、上州派からすれば、浜岡藩生え抜きの国家老、馬淵平太夫と縁戚《えんせき》関係にある大谷庄兵衛は一心同体とみなしているはずだった。

浜岡藩江戸屋敷の真壁家老ら上州派は、大谷家に逗留する万寿栄や小市郎に密かに近づく者がいないか、おそらく、目付に命じて、監視の目を向けさせているはずだと、筧は述べた。

その推測には、又十郎も頷《うなず》かざるを得なかったが、

「ならばせめて、小市郎殿に会う段取りを取ってもらえないか」

と、重ねて頼んだ。すると筧から、

「それはなんとかしましょう」

という答えが返って来た。

そして、筧が又十郎に連絡する場合は、浜岡藩下屋敷の中間、仲七郎を間に立てると申し出てくれた。

「ならば、わたしからの連絡は、さきほどの太吉に頼むことにする」

「いや、渋谷の下屋敷との往復は子供には可哀相《かわいそう》だ。そちらから何か用件がある時は、田町の中屋敷の使い方、入川平右衛門《いりかわへいえもん》に伝えられよ」

使い方は、諸家諸方に使いとして飛び回ることが多く、屋敷を出るのに支障はないという。

「この入川も、数馬殿が目指した藩政改革を密かに支えている一人ですよ」

声を低めた筧だが、『安心してよい』とでも言うように、又十郎に向かってしっかりと頷いた。


八月十四日の船宿『伊和井』の仕事は、本来なら、又十郎は遅番だった。

だが、次の日の十五夜には、船や座敷で月見の宴《えん》を催す客が押し寄せることが分かっていた。そのため、前日から料理の準備をしなければならず、板場の者は例年通り、早番から遅番まで通しで働くことになっていた。

日の出間近の六つ（六時頃）に『伊和井』の板場に入った又十郎は、弥七郎とふたりで湯沸かしから仕事を始めた。

『伊和井』の主人と女将の朝餉《あさげ》を出し、又十郎と弥七郎は、おときや佐江《さえ》ら住込みの女中や、惣助《そうすけ》ら若い衆たちとともに板場の板張りで朝餉を摂《と》った。

刻限は、すでに朝日の昇った六つ半という時分である。

「ご馳走《ちそう》さん」

若い衆が箸《はし》を置くと、又十郎と弥七郎も朝餉を終えた。

「ご馳走様でした」

おときと佐江も手を合わせると、

「洗い物はお佐江とあたしでやりますから、お膳《ぜん》はそのままでいいよ」

そう口にして、おときが腰を上げた。

「いつもありがとよ」

声を掛けた若い衆が奥に引き上げて行くと、土間に下りたおときと佐江が、二度往復して、お膳に載っていた器を流しへと運び終え、洗いものを始めた。

「ええと、あれ、親方はまだかい」

女中頭のお蕗《ふき》を伴って入って来た女将のお勢が、板場を見回した。

「いつもは来てる頃なんですが」

そう言って、板場に座っていた弥七郎が首を傾《かし》げた。

「今日の、昼と夜のお膳の数をもう一回合わせておこうと思ったんだよ」

お蕗は困った顔で又十郎と弥七郎を見た。

「待っていてもしょうがないから、今居る二人と数合わせをして、それを親方に伝えて貰いましょう」

お勢はそう決断して板張りに座ると、その横にお蕗が並んで座った。

板張りの隅の柱に下がっていた綴《と》じ込みの帳面を手にした弥七郎は、お勢の前に膝《ひざ》を揃《そろ》え、その少し後ろに又十郎が控えた。

「それじゃまず、明日十五日の昼餉の人数から」

手持ちの帳面をめくったお勢が、口火を切った。

明日は、昼の舟遊びや夕刻からの月見だけの客もいるのだが、それは板場には関わりのない人数である。

昼餉だけを楽しみに来るお客の膳や、屋根船での観月の客のために弁当を用意したり、『伊和井』の座敷での月見の宴にお膳を供したりと、やはり料理の数は普段より多い。

「檜《ひのき》の間は三人さんでしたが、お二人増えまして、お膳は五つになります」

「へい」

お勢の声に返事をした弥七郎が、板張りに広げていた帳面に上体を折って、人数を書き直した。

明日のお客の増減はあったものの、予定していたお膳の数とたいして変わりはなかった。

「ええ、ごめんなさい」

戸を開け放しにしていた裏口から、笠《かさ》を外しながら、男が顔だけを突き出した。

「なんでしょう」

洗い物をしていたおときが声を掛けると、

「わたしは、浅草天王町《てんのうちょう》、『幸兵衛店《こうべえだな》』の住人、八五郎《はちごろう》と申しますが、松之助さんの使いで参りました」

男は、きちんと応じた。

「そうそう、親方は『幸兵衛店』でしたね」

お蕗が自分の膝を叩《たた》いた。

「お入んなさいよ」

お勢が声をかけると、へいと答えて、男は土間に足を踏み入れた。

尻っ端折りをした紺の着物の襟に、『かぎ』と染め抜かれているところを見ると、錠前屋かもしれない。

「松之助さんは、気分がよくなくて起き上がれないので、今日は休むと伝えてくれと頼まれて参りました。大したことはないので、あまり心配してくれるなとも言付けされております」

「承知しました。わざわざ、すまなかったね」

お勢が声を掛けると、

「なんの」

威勢のいい返事をして、錠前屋の八五郎は裏口から出て行った。

「弥七郎さん、香坂さんと二人で明日の支度は出来るかい」

「へい、支度はなんとか」

弥七郎は頷いたが、

「だけど女将さん、肝心なのは、明日ですよ。親方が明日も具合がよくないとなると」

お蕗が顔を曇らせた。

「けど、もう、明日ですから、今からじたばたしても始まりません。いざとなったら二人でやっつけるしか手はありませんよ。ね、香坂さん」

「ええ」

弥七郎の心意気を受け止めた又十郎は、大きく頷いた。

三

夜の大川《おおかわ》には、至る所に明かりを灯《とも》した屋根船や猪牙船《ちょきぶね》が浮かんでいる。

そのほとんどが、十五夜の月見の船である。

静かに月見をする船もあれば、芸者衆などを侍《はべ》らせて音曲を奏でている屋根船や、幇間《ほうかん》の芸に笑い声をまき散らしている船もあった。

観月の船の間を動き回って、酒や食べ物を売る小船も数艘《そう》見かけられる。

そんな大川の光景を、又十郎は喜平次の漕《こ》ぐ猪牙船から眺めていた。

刻限は五つ半（九時頃）という頃おいだろう。

料理人の仕事は既に済んでいたが、船頭はこの夜、夜更けまで働き詰めということだった。

喜平次の弟分、磯松《いそまつ》と吾平《ごへい》は『伊和井』の客を屋根船に乗せて大川に繰り出しているのだが、見回してもどこにいるのか分からないくらい川面は船で混み合っている。

観月の人々は、町の木戸が閉まる四つ（十時頃）を気にすることなく、夜更かしをするに違いない。

親方の松之助はこの日も板場を休んだ。

板場はてんてこ舞いだったが、弥七郎の奮闘で料理の膳は滞りなく出せた。

片付けも終わり、納戸で帰り支度をしていると、これから船を出すという喜平次が現れた。

「吉原《よしわら》の賑わいでも見に行くなら、乗せて行きますよ」

喜平次は、『伊和井』に戻るという客を迎えに、吉原へ行くという。

弥七郎は疲れ果てており、このまま家に帰ると言った。

又十郎も疲れはしていたが、前々から確かめに行ってみたいところが、吉原の方向にあると思い出した。

「吉原には行かないが、その手前の、大川橋の東詰まで乗せて行ってもらいたい」

又十郎がそういうと、

「わかりました」

詮索《せんさく》することなく、喜平次は承知してくれたのだ。

大川橋へと遡上《そじょう》する途中、川の浅瀬に乗り上げて動けなくなった屋根船があった。

「大川を知らねぇ、ど素人が」

喜平次は吐き捨てるようにして、櫓《ろ》を漕いだ。

夜の大川で船を操るには、熟練の腕と眼力が要るのだと、喜平次は普段からそう口にしていた。

砂地に乗り上げたり、他の船とぶつかりそうになったりする船を見ると、喜平次のいうことはもっともだと、得心が行く。

喜平次の操る猪牙船は、渡し場のある大川の東岸、竹町《たけちょう》河岸に付けられた。

「ここでいいんですかい」

「あぁ、助かった」

喜平次に礼を言って、又十郎は船を下りた。

喜平次が棹《さお》を操って、船着場から猪牙船を離し、浅草の方へと舳先《へさき》を向けたところで、又十郎は大川の東岸を上流の方へと歩き出した。

大川橋の東詰を通り過ぎると、源森橋《げんもりばし》の架かる源森川に行きつく。

川の南岸に沿って進むと、中之郷瓦町《なかのごうかわらまち》である。

浜岡藩江戸屋敷の横目頭《がしら》、伊庭精吾《いばせいご》のもとで動く横目、団平《だんぺい》に連れられて入り込んだ蔵があった場所である。

この夜、喜平次から吉原行きを勧められた時に、その蔵が何であったのか、又十郎は確かめてみようと思いついたのだ。

見覚えのある二つの蔵があった。

その蔵には、源森川から小船を引き入れられるように、船入が掘ってあったことも覚えている。

又十郎は、その船入から蔵の中に入り込んだ。

満月の月明かりが差し込む蔵の中は、がらんとしていて、船入には船もない。

以前来た時、気になっていた階上への階段を、又十郎はゆっくりと上がった。

床から顔を出して見回したが、広々とした階上には何もなかった。

階段を上り切って、又十郎は広々とした板張りに立ち、ゆっくりと歩いてみた。

すると、所々に、何かを引きずった跡や、最近になって何かを片付けたような痕跡《こんせき》をみつけた。

又十郎は、隣り合っているもう一つの蔵にも忍び込んだ。

しかし、先に見た蔵の中と同じく、最近になって急ぎ片づけをしたような痕跡があるだけで、中はがらんどうだった。

『どこかの役人が、大川の両岸の、持ち主のよく分からねぇ蔵を、手当たり次第に改めているらしいんだ』

船頭仲間が話していたと、又十郎は喜平次の口から聞いた覚えがあった。

もしかすると、蔵改めを恐れた持ち主が、急ぎ蔵の荷を他所《よそ》に移したのかもしれない。


中之郷瓦町からの帰り、大川橋を浅草へと渡った又十郎は、川沿いの道を駒形堂《こまがたどう》の方へと足を向けていた。

この道をひたすら南に行けば、浅草御蔵《おくら》を過ぎて柳橋《やなぎばし》に至り、『源七店』のある神田八軒町へ通じるのだ。

諸国の米や穀類などが集まる浅草御蔵近辺には米問屋や穀物の問屋など、数多《あまた》の大店が軒を連ねていて、朝暗いうちから船も人も行き交い、多くの人足やお店者《たなもの》で賑わう。

いつもなら、日暮れになればその賑わいも収まり、何軒かの居酒屋の掛け行灯がともっているくらいなのだが、この夜はいつにも増して通りは明るかった。

居酒屋をはじめ、一膳飯屋や料理屋の二階からも明かりが零《こぼ》れている。

鳥越橋《とりごえばし》を渡り終えたところで、ふと足を止めた。

『伊和井』の板場の親方、松之助が、浅草天王町に住んでいることを、又十郎は昨日の朝はじめて知った。

同じ長屋に住む錠前屋が『伊和井』に現われ、松之助が板場を休むと述べた時、町名と『幸兵衛店』を口にしたのだ。

「たしか、浅草天王町はこの辺りだったね」

又十郎が、空駕籠《からかご》を担いでやって来た駕籠舁《か》きに声をかけた。

浅草天王町なら、こっちっ方だ——駕籠舁きの一人が、鳥越橋を渡ってすぐの、往来の右側を指さした。

礼を言い、駕籠舁きが示してくれた通りに、暗い小路に入って行った。

小路の奥にある長屋を何軒か探した末、三軒目の木戸で、住人が掲げる名札の中に『松之助』という名を見つけた。

五軒長屋が路地を挟んで向かい合った『幸兵衛店』には全く明かりがなかった。

松之助が病なら様子を見ておきたかったが、わざわざ起こすには忍びなく、又十郎はそのまま踵《きびす》を返して、表通りへ戻った。

浅草橋へと繋がる往還は、商いを続けている何軒かの居酒屋の明かりが通りを照らしており、酔客たちの千鳥足が、路上で影となってもつれていた。

暑くもなく寒くもないこの時季、どの居酒屋も戸口を開けていたから、店内の喧騒《けんそう》が往来に吐き出されている。

「なんだぁ、ばっけやろう」

「いいからいいから、放《ほう》っておけって」

「けどよ」

何人かの言い争う声を耳にして、又十郎はふと、一軒の居酒屋の方に眼を向けた。

出口に近い土間で、覚束ない足取りの松之助が、中間らしい男二人に摑《つか》みかかっているのが見えた。

「父《と》っつぁん、もうよしなよ」

居酒屋の若い衆らしい男が、中間に手を伸ばす松之助を引き離そうとしている。

諍《いさか》いなら止めに入ろうと、中に向かいかけて、又十郎は思いとどまった。

摑みかかられている中間の二人は、松之助を相手にしようとはしておらず、むしろ笑顔で宥めようとしている。

「そんなに酔って、父っつぁん、ちゃんと家に帰れるのか」

中間が労《いた》わるように言うと、

「お前らに労わられて喜ぶとでも思ってやがんのかっ。おれは、そんな老いぼれじゃねぇよ。馬鹿にしやがって」

店を出て行く中間に喚《わめ》いた途端、よろめいた松之助は、店の若い衆に後ろから抱えられた。

中間はそのまま去って行き、松之助は、若い衆に支えられたまま板張りの框《かまち》に掛けさせられた。

気分が悪く、起き上がれないと言って板場を休んだ松之助の言い分はなんだったのだろうか。

浅草天王町の『幸兵衛店』まで松之助を連れて行こうかと、ふと思ったが、思いとどまった。

醜態を見られたと知れれば、松之助からこの後どんな仕打ちを受けることになるのかと、又十郎の気は重くなってしまった。

神田八軒町の『源七店』は、暗く静まり返っていた。

浅草御蔵前からの帰り道、町の木戸はとっくに閉められていたが、行先と名を名乗ると、木戸番はすんなり通してくれた。

暗い路地に夜鳴き蕎麦の屋台が置かれていないところを見ると、友三はまだ昌平橋で商いをしているようだ。

又十郎が戸口の障子戸に手を掛けた時、

「今でしたか」

声を低めた大家の茂吉《もきち》が、足音を忍ばせて近づいて来た。

「一刻前、仲七郎《なかしちろう》という武家屋敷の中間が来まして、香坂さんに渡して欲しいと言ってこれを」

茂吉が、一通の書状を差し出した。

「それは済まぬ。寝ずに待っていてくれたのか」

又十郎は、頭を下げて書状を受け取った。

「いいえ、ご心配なく」

茂吉は、笑みを残して自分の家に引き返して行った。

家に入った又十郎は、急ぎ行灯に明かりをともした。

明かりに近づけて書状を開くと、

『明日の朝、山中小市郎が、母方の先祖の墓参のため、大谷家老屋敷を出る』ということが認められてあった。

『墓参の先は、白金台町《しろかねだいまち》、日吉坂《ひよしざか》上の正蓮寺《しょうれんじ》で、小市郎は五つに着到』

筧道三郎は、そう認めていた。

昨日今日と、二日続けて丸一日板場で働いた又十郎は、明日は八つ（二時頃）からの遅番である。

明朝、白金に出向いても、昼過ぎには仕事に間に合うと、又十郎は安堵《あんど》の吐息を洩《も》らした。


高輪《たかなわ》の東方に広がる江戸湾が、朝日に輝いている。

刻限は、六つを少し過ぎた頃である。

五つまで、まだ一刻ばかり余裕があった。

又十郎が『源七店』を出たのは、早朝の暗い時分だった。

菅笠《すげがさ》を被《かぶ》り、釣竿《つりざお》と魚籠《びく》を手にして、まずは木挽町築地を目指した。

誰の眼《め》があるかも知れず、又十郎は釣りに出かける風を装ったのである。

築地、南小田原町《みなみおだわらちょう》の漁師の女房、お梶《かじ》を訪ねて、亭主の三五郎《さんごろう》に、高輪まで船を出してもらえないかと頼むと、

「漁をするつもりだったから、構いませんよ」

と、快諾を得た。

船に乗った又十郎は、高輪泉岳寺《せんがくじ》にほど近い、東海道《とうかいどう》の芝車町《しばくるまちょう》の前浜で三五郎の船を下りた。

「釣竿と魚籠は、うちで預かっておきますから、いつでも取りに来てくだせぇ」

そう言うと、三五郎は船の舳先をくるりと北へ向けて、漕ぎ去った。

又十郎は、西へと急ぐ旅人が目立つ東海道に面した一膳飯屋で朝餉を摂ると、伊皿《いさら》子坂《ござか》から高輪台町へと坂を上り、さらに天神坂《てんじんざか》を上って白金台町の往還に出た。

この往還を西へ向かえば、下目黒《しもめぐろ》村の目黒不動に至る。

山中小市郎が墓参をすると言う正蓮寺は、日吉坂を上り切って、一町ほど歩いた先の左側にあった。

小ぶりな山門を潜って、又十郎はあたりに眼を配りながら本堂へ歩を進めた。

「香坂様でしょうか」

本堂の回廊に現れた、寺男と思しき者に名を尋ねられ、

「左様だが」

又十郎はゆっくりと頷いた。

「お上がりください」

寺男に促された又十郎は、草履を脱いで階《きざはし》を上り、回廊に立った。

すると、寺男は何も言わず先に立つと、本堂の裏手へと向かって回廊を進んだ。

廊下の角を三つほど曲がったところで、寺男が廊下に片膝を立てて腰を下ろすと、

「お連れしました」

襖《ふすま》の向こうに声を掛けた。

「どうぞ」

中から返事があり、寺男が襖を開けた。

「ごめん」

又十郎が部屋の中に足を踏み入れると、そこは六畳にも満たない茶室だった。

小さな床の間の前に筧と山中小市郎が並び、又十郎を見ていた。

「小市郎殿」

又十郎は、江戸まで万寿栄を同道してくれた礼を口にしかけたが、言葉にならず、息を飲むと、二人の前に膝を揃えた。

「こたびは、なんとも、面妖《めんよう》な仕儀と相成りました」

「まことに」

小市郎に歯切れの悪い受け答えをしてしまった又十郎は、

「小市郎殿は、数馬が密かに国を出て、江戸に向かったことはご存じだったので」

と、話を変えた。

「無論、そのことについては、幾度となく相談を受けておりました。数馬が浜岡を出た夜更け、わたしは東の木戸で旅立ちを見送りました」

小市郎の言葉は、浜岡を東西に貫く山陰道《さんいんどう》の東の木戸あたりの光景を、又十郎の脳裏に浮かび上がらせた。

「江戸に着いたのちの数馬のことは、この筧殿から既に伺っております」

「つまり、四月十七日以降、数馬殿の行方が杳《よう》として分からぬということもです」

筧が、小市郎の言葉の後に付け加えた。

「無断で国を出た数馬が脱藩者の烙印《らくいん》を押されるのは覚悟の上とはいえ、まさか、香坂様まで江戸に参られ、その上、数馬と同じ脱藩の汚名を着せられるなど、思いもよらないことでした」

淡々と口にした小市郎が、小さく息を吐いた。

藩命を帯びた又十郎が浜岡を出たことは、永久家老の馬淵平太夫や小市郎、郡奉《こおりぶ》行《ぎょう》の今中貞蔵《ていぞう》など、浜岡生え抜きの旧家の者たちには知らされていなかったという。

四月の末、江戸屋敷から書状が届くと、家老、本田織部の呼びかけで、急ぎ、もう一人の国家老、馬淵平太夫はじめ、町奉行の河津《かわづ》清五郎《せいごろう》、目付《めつけ》の平岩左内《さない》、勘定《かんじょう》奉行の都築彦右衛門《ひこえもん》が城内に集められた上で、初めて又十郎の一件が知らされたのだと、小市郎が打ち明けた。

「そこで、江戸屋敷からの書状が読み上げられ、江戸に下った香坂又十郎は藩命に背いたと記されていたと、後日、馬淵平太夫様から伺いましたが、藩命に背いたのが、どのような仔細だったのかは書状にはなく、江戸家老の判断によって、香坂又十郎を脱藩者として放逐《ほうちく》し、その後の行方は不明ということでした」

江戸屋敷の目付、嶋尾久作は、又十郎を脱藩者にすると決めたのは国元の重役たちだと説明していたが、この期に及んでは、もうどうでもいいことのように思える。

「ところが、六月に入ってすぐ、中湊町《なかみなとまち》の兵藤家に戻っておられた万寿栄様が、突然我が家に参られたのです」

山中家を訪ねた万寿栄は、江戸から送られて来た、差出人の名のない蜜柑《みかん》の花の図柄が施してある櫛《くし》を、小市郎に見せたという。

そして、これを送ったのは又十郎に違いないとも口にしたのだ。

万寿栄はその時、もう一つの櫛を持参していて、

『これは昨年、白神《しらかみ》神社に初詣《はつもうで》に参った折、その年の干支《えと》、午《うま》に因《ちな》んだものをと、馬の絵の描かれた櫛を選んだ又十郎様が、わたしに下さったものでございます』

と、蜜柑の図柄の櫛の横に、馬の絵の付いた櫛を並べて見せた。

「その時、万寿栄様は、蜜柑は今年の干支、未《ひつじ》年を表す判じ物だと申されました。蜜柑の読みは、みかんであり、未《いま》だならずという未完と同じで、しかも、未完の未は、干支の未と同じ一文字。去年は午で、江戸からの櫛が未なら、送り主は又十郎様以外にないと申されたのです」

小市郎の話に、又十郎は大きく頷いた。

やはり万寿栄は、又十郎が期待した通りの推察をし遂げていた。

「この件を馬淵様にお伝えしたところ、すぐに奔走され、江戸家老の大谷庄兵衛様を通じて、もう一人のご家老真壁様に、急ぎ、問い合わせの書状を送られたのです。つまり、香坂様を脱藩者としたことの詳細、脱藩した香坂又十郎が江戸にいるという噂《うわさ》を耳にしたが把握しているのかなどと、早く言えば、江戸屋敷を問い詰めるような内容の書状でした」

「その反応は」

筧が、密やかな声で小市郎に尋ねると、

「江戸の真壁家老からの返事には、香坂又十郎には藩主、忠熙様より直々の命が下されて、隠密の動きをしているゆえ、国元へも偽りの報告をせざるを得なかったと、弁明に終始していましたよ」

そんな答えであった。

「なるほど」

筧は、得心したように頷いた。

「香坂様」

小市郎が、改まったように背筋を伸ばすと、

「藩主直々の命とは、いったい何なのでしょうか。もしかして、脱藩してまで、江戸

の忠熙様に訴え出ようとしていた数馬に関わることではありませんか」

小市郎の眼が、又十郎の顔を凝視していた。

「それは、今はまだ言えぬ」

返答した又十郎の声は、少し掠れていた。

「それで、香坂様は、江戸のどなたの元で動いておいでなのですか」

「それは」

「藩主直々とは申しましても、忠熙公自らのご下命があるとは思えませんが」

「さよう。間には、人が立っている」

小市郎に動揺は見せまいと、又十郎は淡々と答えた。

「それは、藩政を正そうとしている数馬や我らを抑えようとなさる側のお方ではないでしょうね。つまり、国元の本田織部、平岩左内、江戸家老の真壁蔵之助《くらのすけ》、目付の嶋尾久作などですが」

小市郎が口にした名を、又十郎は冷や汗をかく思いをして聞いた。だが、

「殿のお側《そば》近くにおいでの、さるお方でござるよ」

又十郎は声を低めると、秘密めかした物言いをした。

「もしかすると、公儀の隠密への備えではありませんか」

筧は声をひそめて、又十郎に身を乗り出した。

「公儀隠密というと」

小市郎が眉間に皺《しわ》を寄せた。

「このところ幕府は、勘定方普請役《ふしんやく》を諸方に送って、抜け荷の摘発に血眼なのですよ。もとは百姓の倅だという普請役の間宮林蔵《まみやりんぞう》は、日本海側の諸藩に入り込んで幾つもの手柄を立てているという噂があるくらいだ」

箟が説明すると、小市郎は、なにか聞きたげに又十郎に眼を転じた。

「そのような敵に備える務めも、なくはないのだ」

又十郎は、箟の憶測に乗じることにした。

それはまんざら出鱈目《でたらめ》ではなく、江戸に来てすぐ、品川の『備中屋』の蔵に近づいた不審者と刃を交えた末に、討ち取ったことがあった。

「小市郎殿、万寿栄は達者だろうか」

又十郎は、改まって尋ねた。

「ここにお連れしようかと考えなくもなかったのですが、藩政改革を標榜する数馬の姉上の動きには監視の目があると思い、万寿栄様には、香坂様と会うことを伏せて参りました」

小市郎は、上体を少し倒した。

「国家老の本田織部に繋がる改革反対派は、数馬の改革論に同調する者が誰で、江戸にどれくらいの人数がいるのかと気を揉《も》んでいまして、その炙《あぶ》り出しに躍起になっています。ご妻女に会いたいという思いはお察しするが、大谷ご家老のお屋敷には、決して近づかれぬ方がよいかと」

筧が、又十郎に念を押した。

又十郎の口から、小さな吐息が洩れた。

四

神田川に架かる筋違橋《すじかいばし》を渡った途端、背後から鐘の音がした。

日本橋《にほんばし》、本石町《ほんこくちょう》の時の鐘が、九つを知らせているのだ。

白金台町の正蓮寺で山中小市郎と久しぶりの対面を果たした又十郎は、一刻後の四つに、小市郎と筧道三郎と寺で別れ、帰途に就いた。

船宿『伊和井』の遅番は八つからということもあり、一旦《いったん》、神田八軒町に帰ることにしたのである。

『源七店』の井戸端で手足を洗った後、家に入って着替えをした又十郎は、すぐに表通りへ足を向けた。

柳橋に早めに着いて、『伊和井』近くの馴染《なじ》みの蕎麦屋で昼餉を摂ろうと思ったのだ。

『井筒《いづつ》』という蕎麦屋は、浅草橋から浅草御蔵の方へ向かう途中の浅草瓦町にあった。

丁度時分時で、御蔵近辺で働く船乗りや人足、車曳《ひ》きたちで蕎麦屋は混んでいたが、折よく空いた場所に腰を下ろして、又十郎はあっという間に盛り蕎麦を腹に収めた。

蕎麦屋を出た時、八つまで、まだ半刻も間があった。

どうするか――腹の中で呟いて見回した又十郎が、ふと眼を留めた。

若竹色に茶の子持ち縞《じま》の着物の女の後姿に、見覚えがあった。

左手の寺に入って行くとき見せた女の横顔は、『伊和井』の女将、お勢だった。

寺にどんな用があるのか、好奇心に駆られた又十郎は、十間（約十八メートル）ほど先にある、寺の山門を潜った。

門の脇に掛かった木の板のひとつに『祇園《ぎおん》社地　別当』とあり、もうひとつの板には、『大円寺《だいえんじ》』と書かれていた。

大して広くない境内には、本堂の他に庫裏《くり》と小さな堂宇が二つ三つあるだけで、参拝人の姿はなかった。

本堂にも人影はなく、ぶらぶらと歩を進めた又十郎は、回廊の角で足を止めた。

本堂裏の回廊から地面へ下りられるように階が掛かっており、そこの上段にお勢が腰掛け、二段ほど下方に顔を俯《うつむ》けた松之助が腰掛けているのが、身を潜めた又十郎から窺《うかが》えた。

「なんですか、用事っていうのは」

親しみの籠ったお勢の声が聞こえた。

「あたしゃ、板場をやめますよ」

松之助の声は、穏やかだった。

「やめたいんですか」

「そうじゃぁねぇよ」

お勢に返答した松之助の声は、落ち着いている。

「十五日の月見の夜も、おれが居なくったって、板場はちゃんと回ったんだろう。料理が滞ることもなかったんじゃねぇのかい。だからその日、『伊和井』からは誰一人として、休んだおれの様子を見に来る者もいなかった」

「親方、お前さんやっぱり、あたしを試したんですね」

お勢は、特段咎めるような物言いではなかったが、松之助からは何の返事もなかった。

ふと、境内の高木を見上げたお勢が、

「松之助さん、あんた、いったい何を拗《す》ねてるんですよ」

静かに問いかけた。

だが、松之助からの返事はなかった。

「おれは、いつまでもあんたに甘えちゃならねぇな」

松之助は、ほんの少し間を置いてからそう答えると、

「板場を退いてくれと、あんたどうして、おれにはっきりそう言ってくれなかったんだよ。浪人者を板場に引き込むような、手の込んだ真似《まね》してよぉ」

と、お勢に恨みがましい声を向けた。

「なにをお言いだよ」

お勢の声音には、反発するような響きがあった。

「やめてくれと言えば、腹を立てたおれが、昔いっとき、あんたと深い仲になったということを、周りに口走るとでも心配したのだろうが、おれはそんな野暮天じゃねぇよ」

「同じ台詞《せりふ》を、お前さんにお返ししますよ。わたしが、そんなことでびくびくする女だと思っていたとしたら、松之助さん、とんだ料簡《りようけん》違いをしていたことになりますよ」

お勢の声には、笑いが含まれていた。

「やめてもらいたいなら、わたしは遠慮なんかするもんですか。船頭の腕と並んで、料理も『伊和井』の大事な看板のひとつですから、腕がなまったとなれば、容赦しやしません」

お勢の声は低くはあったが、辺りの空気を切り裂くような鋭さがあった。

「けど、人を入れたのは、おれが昔のようにいかねぇと踏んだからだろう」

「そうですよ。お前さん、幾つになんなすった」

「六十二だよ」

「その年で、昔のように動けるとお思いかね。そうはいかないだろう。時々板場を覗《のぞ》くけれども、昼を過ぎたら、あんたの両肩にはいつも疲れがぶら下がっているよ。息抜きをしながらじゃないと、板場の仕事はもたない年になったんですよ。あんたに息抜きをさせるには、人を入れなきゃ始まらないじゃありませんか」

お勢の声音には、雇い主と奉公人の関係を越えた、情が感じられた。

「今日はともかく、明日は来てくれますね」

お勢の問いかけに、

「考えさせてくれ」

そう返答すると、松之助は階から腰を上げた。

急ぎその場を離れた又十郎は、本堂の陰に身を潜めて二人をやり過ごすことにした。

先に腰を上げた松之助が山門を出て、通りを左に向かった。

松之助の住む浅草天王町は、大円寺から半町ほどの近さである。

少し後に山門を出たお勢は、松之助が去った方にちらりと眼を遣《や》ってから、浅草橋の方へと足を向けた。


翌日の十七日、『伊和井』の昼時はそれほどの忙しさはなかった。

座敷の客に昼餉の膳を用意し終えると、又十郎は、弥七郎や女中たちの昼餉の賄いに取り掛かることが出来た。

空いたお膳を座敷から板場に運んで来た女中たちが、器を洗って拭《ふ》き終えると、又十郎と弥七郎も板張りに上がって、女中や若い衆たちと車座になって昼餉を共にした。

「親方、今日も来なかったね」

おこんが、心配そうな声を出した。

「どうしたんだろうね、親方」

そう口にして、おときは軽やかな音を立てて沢庵《たくあん》を噛《か》んだ。

松之助が休むことを、又十郎はこの日の朝方知った。

又十郎は早番で、朝日の昇る前の六つには船宿『伊和井』に着いていた。

板場近くの納戸で前掛けを付け、尻っ端折りをしているところへ、

「おはよう」

と、弥七郎が現れた。

するとそこへ、お蕗を伴ったお勢がやって来た。

「今朝、通り掛かりだから、お蕗に親方の長屋に寄ってもらったんだけどね」

「親方、なんだか萎《しお》れたような様子でさぁ、今日も行く気がしねぇと、力なくそういうんだよ」

お勢の言葉を引き継いだお蕗が、二人にそう伝えていた。

「お佐江ちゃんすまない」

若い衆が空になった茶碗を差し出すと、佐江は嫌な顔ひとつせず、御櫃《おひつ》の飯をよそってやった。

「お佐江ちゃん、わたしもおねがい」

「はい」

と、空になったおこんの茶碗《ちゃわん》を受け取ってお櫃の前に座った佐江が、

「お帰りなさい」

裏の戸口の方に笑顔を向けた。

口々に、お帰りの声が飛んだ。

開いていた戸口から入って来たのは、首に手拭《てぬぐ》いを掛けた喜平次だった。

「筧とかいうお侍が、香坂さんに用があるっていうから、裏の篠塚稲荷《しのづかいなり》で待つように言っておきましたよ」

そういうと、水甕《みずがめ》から柄杓《ひしゃく》で掬《すく》った水を、喜平次は一気に飲んだ。

篠塚稲荷は、別当玉蔵院《べっとうぎょくぞういん》とも称されている。

『伊和井』の裏手にあって、板場の出入り口と、小路を挟んだ向かい側にあった。

急いで昼餉を摂ると、又十郎は篠塚稲荷の敷地へと足を踏み入れた。

祠《ほこら》の濡《ぬ》れ縁《えん》に腰掛けていた、刀を差した袴姿の侍が、被っていた菅笠を軽く持ち上げると、その下に筧道三郎の顔があった。

「なにかありましたか」

又十郎は気負い立ったように声を掛けた。

「山中小市郎殿は、明日の早朝江戸を発《た》って、国元に向かわれることと相成りました」

「明日」

思いもしない事態に、又十郎はあとの言葉を失った。

「では、万寿栄もともに？」

「いや、香坂殿のご妻女はそのまま大谷様のお屋敷に逗留なさるようです」

「まことで」

又十郎が呟くと、筧は頷いた。

「小市郎殿からの知らせによれば、香坂殿のご妻女は、明朝、高輪大木戸《たかなわおおきど》で見送るおつもりだということでござる」

「なんと」

「ただ、ご妻女の身辺に眼を光らせている者がいるとも考えられるため、大谷ご家老が見送りをお許しになるかどうかは分からぬそうだが、もし、明日の見送りが許されるなら、遠くからでよければ、ご妻女の姿を見られるかもしれぬとの小市郎殿からの言付けであった」

「高輪大木戸ですな」

「左様」

「して、刻限は」

「大谷屋敷を七つ（四時頃）に発つということゆえ、高輪大木戸を通るのは、恐らく七つ半（五時頃）くらいかと」

筧の言葉に、又十郎は息を飲んだ。

明日は早番の日だから、『伊和井』の板場には、六つに入らなければならない。

七つ半に高輪に居ては、六つまでに柳橋の『伊和井』に戻ることは難しい。

刻限のことも気懸りだが、問題は明日、親方の松之助が板場に現れるかどうかなのだ。

明朝、高輪で何が起きるかも知れず、万一、又十郎が大幅に遅れれば、板場は弥七郎一人となり、『伊和井』の板場は混乱を来《きた》すことになる。

「如何《いかが》なされた」

実は明日——思わず声に出しかけて、又十郎は言葉を飲み込んだ。

「何としても、明日は高輪へ参る」

又十郎は、迷いを打ち消すように、はっきりと口にした。

「香坂殿、ご妻女の身辺に眼を光らせる者に姿を見られたくないなら、早朝駆けつけるよりは、今夜から高輪大木戸近くの旅籠《はたご》に入る方がよいかも知れぬ」

「ご忠告、痛み入る」

又十郎は、深々と腰を折った。


五つ過ぎに『伊和井』を出た又十郎は、表通りへ出ると、浅草御蔵の方へと足を向けた。

通りに面して軒を並べる人形屋などは、すでに大戸を下ろしていたが、飯屋や居酒屋の明かりが通りに流れ出ている。

「『善き屋』あたりで一杯どうです」

『伊和井』を出る間際、船頭の喜平次に声をかけられたが、

「ちょっと、寄るところがあるんだよ」

下げていた二合徳利を、曰《いわ》くありげに見せて、誘いを断った。

又十郎は、浅草天王町の小路の暗がりに入り込んだ。

以前訪ねたことのある『幸兵衛店』の木戸を潜って、二棟の五軒長屋が向き合う路地に足を延ばすと、家に明かりを灯した家が二軒あった。

幸い、その二軒のうちの一軒の障子戸に、金釘《かなくぎ》流で『松之助』と住人の名が書かれていた。

「夜分申し訳ないが、松之助さんはおいでだろうか」

戸口に立って、又十郎は声を低めて呼びかけた。

「誰でぇ」

松之助の、面倒くさそうな声が返って来た。

「香坂です」

返事をすると、家の中からは、しばらく何の反応もなかった。

外でじっと待っていると、いきなり戸が細目に開いて、松之助が不審そうな顔を見せた。

「親方に、折り入ってお願いがありまして」

それには何も答えず、松之助は板張りに上がって土間を空けた。

「それじゃ、遠慮なく」

又十郎は土間に足を踏み入れると、障子戸を閉め、

「手土産《てみやげ》と言ってはなんだが」

松之助の前に徳利を置いて、框に腰掛けた。

「まさか、板場に出て来いというんじゃあるめぇな」

「いえ。そのことです」

又十郎の返答に、松之助は戸惑ったように眼《じ》を丸くした。

「親方の身体の具合が悪いようなら、無理強い出来ませんが、わたしは明日の早朝からどうしても外せない用事があるのです。わたしも休み、親方もいないというのじゃ、弥七郎さん一人に重荷を負わせてしまいます。それで、親方に、明日一日だけでも、板場に立っていただけないかというお願いに上がりました」

又十郎は、小さく頭を下げた。

「女将さんは、お前さんが休むことは知っておいでなのかい」

「はい。外せない用件があるなら仕方がないと、承知していただきました」

「どうしても外せない用事なのか」

「そうです」

又十郎は、松之助を正視して頷いた。

「明日は、昼夜合わせて二十人近い客にお膳を出すことになってます。弥七郎さん一

人で出来ない数ではないそうですが、大変だろうと思いますので、是非とも親方の手をお借り出来ないものかと」

「女将さんが、お前さんをここによこしたのか」

「わたしの独断です」

又十郎は、嘘《うそ》偽りなく答えた。

だが、松之助は黙り込んだ。

「親方、ひとつよろしくお願いします。もし親方が板場に出ず、店に迷惑をかけたら、わたしは責任を取って『伊和井』をやめる覚悟です」

頼むだけ頼んで、松之助に頭を下げると、返事も聞かず路地へと出た。

一旦、神田八軒町の『源七店』に戻って着替えをしてから、急ぎ高輪に向かわなければならず、又十郎の気は逸《はや》っていた。

五

目覚める少し前から、耳元に規則正しく届いている音に気付いてはいた。

はっきりと目覚めたとき、暗い部屋に、浜に打ち寄せる波の音が忍び込んでいた。

高輪大木戸に近い芝車町の一膳飯屋は、東海道の東側にあった。

昨日、山中小市郎の帰国を知らせに来た筧道三郎は、見送りに現れるかも知れない万寿栄の姿を見たいのなら、当日駆けつけるよりも、前夜から高輪の旅籠に入っていた方がいいと言ってくれた。

万寿栄の身辺には、おそらく、伊庭精吾配下の横目の眼が向けられていると考えられた。

「旅籠よりは、何かと無理の利く飯屋の方がよいかも知れん」

又十郎は、筧から昨日、主《あるじ》とは顔馴染《かおなじ》みだという一膳飯屋『熊八《くまはち》』に行けと勧められたのである。

「渋谷の下屋敷に戻る途中、『熊八』の親父《おやじ》に香坂殿のことは伝えて置く」

そう言い残して帰って行った筧を、又十郎は篠塚稲荷の表で見送った。

『熊八』は、石見国、浜岡藩から江戸へ来たり、帰って行ったりする藩士を送り迎えするときに使う一膳飯屋だという。

昨夜、又十郎が『熊八』に着いたとき、表の提灯は消えていたが、店内に明かりがあり、親父の熊八が冷や酒を飲んでいた。

白金台町の正蓮寺で小市郎と対面した朝、朝餉を摂った一膳飯屋からは、半町ばかり離れている。

「あぁ、筧さんから聞いてるよ」

又十郎が名乗ると、熊八から愛想のない声が返って来たが、不機嫌という訳ではなさそうだった。

「寝るのは、ここでいいのかい」

熊八は昨夜、外から土間に入って左手にある、客が飯を食う六畳ほどの広さの板張りを顎《あご》で指し示した。

又十郎が目覚めたのは、その六畳の板張りである。

起き上がった又十郎は、胡坐《あぐら》をかいたまま両手を挙げて、ううと伸びをした。

土間の奥の方から煮炊きの煙が流れ込んでいた。

「お、起きていたかい」

煙の中から熊八が現れて、やはり愛想のない声を出した。

「何刻かね」

「そろそろ七つだよ」

熊八はそう言うと、板張りに上って障子を開き、蔀戸《しとみど》を二枚、立て続けに押し開けた。

まだ明けきらない東海道には、すでに荷駄や荷車の行き交いがあり、提灯を手にした旅人が大木戸を通って西へ向かう姿もあった。

「朝餉は食うだろう」

熊八が、ぶっきら棒な物言いをした。

「いつも、こんなに早いのかね」

「いつもは六つ位だが、あと四半刻もしたら、お膳を出してやるよ」

恩着せがましくなく口にすると、熊八は板場へと引っ込んだ。

七つを知らせる鐘が東海道に流れてから、ほどなく半刻が過ぎようとしている。

日の出はまだだが、すっかり夜は明けて、東海道を行き交う人や荷の数はさらに多くなっていた。

熊八が出してくれた朝餉の膳を食べ終わった又十郎は、『熊八』の板張りの障子を細目に開けて、先刻から、高輪大木戸の辺りに目を凝らしていた。

江戸の出入り口である大木戸では、見送りの家族や友人たちと別れを惜しみながら旅立つ者たちの姿がそこここに見られた。

小市郎は西久保神谷町の大谷家老の屋敷を七つに発つと、筧は言っていた。

とすれば、そろそろ高輪大木戸に現れてもいい刻限である。

だがそこに、見送りを許された万寿栄が同行しているかどうかは分からない。

大木戸の周辺は見送る者の数がさらに増えて、気性の荒い車曳きは怒鳴り声を挙げながら人垣を分けて通り過ぎる。

又十郎が、ふと、大木戸の人混みに眼を凝らした。

芝の方から歩いて来て足を止めた、袴姿の侍二人が眼に留まった。

菅笠を手にしていた二人のうち、一人は紛れもなく小市郎である。

もう一人は、大谷家老家の家臣であろう。

辺りを見回していた小市郎の傍に、少し遅れて来た女笠を被った二人の女が近づいて、何か話しかけ、軽く腰を曲げて、礼を交わした。

道中の無事を口にしたのかも知れない。

突然、朝の空気を切り裂くような甲高い鳥の声がした。

小市郎が見上げると、連れの女二人も笠を持ち上げて見上げた。

小市郎の横に立っている、胡桃染《くるみぞめ》の着物に梅幸茶《ばいこうちゃ》の帯を締めた女の笠の下には、紛れもない万寿栄の顔があった。

その顔が、行き交う人に遮られてじっくりと見られないのが、もどかしい。

小市郎は、改まったように万寿栄に向き直ると言葉を掛け、軽く頭を下げて、その足を南へと向けて歩き出した。

しばらく見送っていた万寿栄は、もう一人の女と家臣に促されるようにして踵《きびす》を返した。何とか『熊八』の方に目を向けてくれないものかと気を揉んだが、万寿栄はじっと前を見て、芝の方へと足を向けた。

『熊八』の板張りから声を掛ければ届きそうな近いところを、家臣と女に前後を挟まれた万寿栄が通り過ぎて行く。

万寿栄に付き添っていた女の横顔にふっと眼が行った時、その後ろから歩いて来た、担ぎ商いに扮した伴六《ばんろく》に気付いた。

やはり、万寿栄の身辺には浜岡藩江戸屋敷の横目頭、伊庭精吾配下の眼が向けられていたのだ。

おそらく、旅人や商人に身をやつした他の横目たちが、人の流れに紛れているに違いない。

大谷家老の屋敷へ戻る万寿栄を、密かに付けようと思った又十郎だが、それは思いとどまった。

約半年ぶりに万寿栄を目の当たりに出来ただけで、良しとすべきだろう。

万寿栄がいつまで江戸に留《とど》まるのか分からないが、手を伸ばせば届くところにいるということだけで、又十郎の胸は弾んでいた。

午後の日射《ひざ》しを浴びた魚の鱗《うろこ》が、きらきらと照り返している。

鰓《えら》の辺りに刃の切っ先を差し込んだ又十郎が手に力を籠《こ》めると、ざくりと骨を切る音がして、石垣鯛《いしがきだい》は頭と胴体に分かれた。

昼下がりの『源七店』は、いつものように静かである。

先刻から、鱗を剝《は》いだり、ぶつ切りにしたりする音が響くだけだったが、魚の血の匂《にお》いを嗅《か》ぎつけたらしく、近隣の猫が鳴き声をまき散らしているのが耳障りだった。

高輪大木戸で、遠くから山中小市郎を見送った又十郎は、約半年ぶりに妻の万寿栄の顔を眼にした。

大谷家老家へ戻る万寿栄を見送ったあと、一膳飯屋の『熊八』に居残って茶をご馳走になった。

すぐに動いては、万寿栄を監視している伊庭配下の横目に見つかる恐れがあった。

「これからどうしなさるね」

四半刻ばかり過ぎたころ、熊八に尋ねられた又十郎は、

「朝早く出たついでに、釣りなどして帰りたいが、この辺りから築地の方に行く船があるかね」

と、なんの期待もせず口にした。

「知り合いに聞いて来てやるよ」

そう言った熊八は、店を出てからほんの寸刻ばかりで舞い戻って来た。

「知り合いの漁師が日本橋の魚河岸に行くから、途中、築地で下ろしてやると言ってますぜ」

初対面の昨夜から今朝まで、熊八という男はなんの愛想も示しはしなかったが、鬼《おに》瓦《がわら》の様な顔に似合わず、気のいい爺様《じいさま》だった。

高輪の漁師の船に乗せてもらった又十郎は、築地川の河口に架かる明石橋《あかしばし》の袂で下りると、南小田原町の漁師、三五郎とお梶夫婦の家を訪ねた。

二日前、三五郎に預けていた釣竿《つりざお》と魚籠を受け取ると、又十郎は江戸湾に面した南《みなみ》飯田《いいだ》河岸に陣取って、釣り糸を垂らしたのである。

六つ半から二刻（約四時間）ほどで、魚籠から溢れるほどの釣果があった。

増上寺の時の鐘が、四つを打ってから半刻が経っていた。

太吉たち五人の孤児に魚の分け前をやろうと思い立って、彼らが塒にしている波除稲荷に行ってみたのだが、誰もいなかった。

生ものを置いて行くわけにもいかず、再度、三五郎夫婦の家に立ち寄った又十郎は、

「あとで、太吉たちに渡しておいてもらいたい」

五人分ほどの魚を笊に移してお梶に託すと、快く応じてくれた上に、夫婦の昼餉にも招いてくれたのである。

築地から神田八軒町に戻って来たのは、八つ少し前だった。

それからすぐ、井戸端で魚を洗い、鱗取りから始めて、刺身や膾《なます》作りの為《ため》に三枚に下ろしたり、煮付け用にぶつ切りにしたりと奮闘した又十郎は、七つを過ぎた時分に

は、刺身も煮付けも塩焼きも作り上げていた。

『源七店』に残っていた友三夫婦と大家の茂吉、又十郎の隣家に住む、飛脚の富五郎《とみごろう》の女房、おはまに、刺身や膾、それに塩焼きと煮付けを届けた。

まだ帰って来ていない針売りのお由や喜平次には、あとで届けることにして、又十郎は、真新しい下帯と浴衣《ゆかた》を風呂敷《ふろしき》に包んで、町内の湯屋へと出掛けて行った。


「香坂さん、香坂さん」

名前を呼ばれたような気がして、又十郎は両目を開けた。

横になっていた又十郎の肩に手を伸ばしていた飛脚の富五郎が、眼の前でにこりと頭を下げた。

「なんですか、さっきは魚料理をいただいたとかで、女房にお礼に行ってこいと尻を叩かれまして」

「あぁ」

上体を起こした又十郎は、路地が夕焼けの色に染まっているのに気づいた。

「疲れていたのか、湯屋から戻ってごろりと寝転んだら、寝てしまっていたよ」

「なんですか、昨夜はお出かけになったまま、朝までお戻りじゃなかったようですから、へへ、さぞやお疲れだったのでしょう」

富五郎は又十郎の昨夜の行先を勘繰って、妙な労わりを口にしたが、敢《あ》えてその独り合点を正そうとはしなかった。

「富五郎さんがお帰りということは、六つ時分ですか」

「さっき、六つの鐘が鳴ったばかりです」

土間に立っていた富五郎が、小さく頷くと、

「それじゃ、好物の刺身をいただきます」

丁寧な辞儀をして、土間から路地へ出た。

さてと——小さく声を出した又十郎は、土間の草履に足を通すと、竈《かまど》で火《ひ》熾《おこ》しを始めた。

先刻、魚の煮付けを作った時に出来た炭が、炭壺《すみつぼ》に入っていたので、簡単に火は点《つ》いた。

湯屋の帰りに握り飯を買い求めていたから、あとは、作った煮付けを温め直せば立派な夕餉の膳が出来るはずだ。

又十郎は、竈に鉄鍋を載せた。

蓋《ふた》を取ると、切り身の煮付けが四切れあった。

喜平次の分と、お由が帰ってきたら、一切れずつ分けてやるのだ。

「大家さんなんだい、豪勢な刺身を食ってると思ったら、香坂さんの包丁ですかい」

喜平次の弾むような声が路地に響き渡り、

「へぇ、おれの分もあるって？」

そんな声を張り上げた。

「香坂さん、今日はやっぱり釣りだったんだね」

開けっ放しの戸口から、喜平次が顔を突き入れた。

「やっぱりとはなんだ」

「いやね、今朝『伊和井』に行くと、松之助親方が来ていてさ」

「親方、来たのか」

「うん、来てた」

喜平次はあっさりと頷くと、

「そしたら、親方にさ、香坂さんは今日はなんの用事で休むんだと聞かれたんですよ。そんなことおれは聞いてないから、知らないと言やよかったんだが、つい、多分、築地の孤児たちと釣りに行ったんじゃないかなんて、返事をしたんですよ」

「それで、親方はなんて」

又十郎が問いかけると、喜平次は困った顔になり、

「あいつは太《ふて》ぇ野郎だって、親方、香坂さんのこと、そう言ってたよ。おれを板場で働かせておいて、てめぇは好きな釣りに出掛けやがったのかなんてさ」

と、苦笑いを浮かべた。

「けど、腹の底から怒ってるようには見えませんでしたよ。それに香坂さん、良い時に休みましたよ」

喜平次の言葉の真意が分からず、又十郎はきょとんとした。

「昼間、板場を覗いたが、親方、久しぶりに包丁の腕を振るってまして、楽しそうに動き回ってましたよ。香坂さん、時々休んでやるのも、親方のためかもしれませんよ」

そう言うと、喜平次はにやりと笑った。

嘘も方便か――腹の中で呟いた又十郎は、ふふと小さく笑い声を洩らした。

「煮付けが温まったら、塩焼きと膾を届けてやるよ」

「いえいえ、着替えたら、お礼の酒を持って来ますから、ここで食べることにします」

又十郎の返事も聞かず、喜平次は井戸端に近い自分の家へと取って返した。

喜平次が酒を持ってきたら、おそらく、又十郎の家で飲み食いが始まるような気がする。

そうなったら、富五郎にも声を掛けることになろう。

楽しい酒の宴になりそうな気がして、つい緩んでしまった顔を、慌てて引き締めた。

顔が緩んだのは、酒のせいばかりではなかった。
又十郎は朝から、万寿栄が同じ江戸にいるという安堵に、身も心も緩んでいた。

小学館文庫
好評既刊

脱藩さむらい

金子成人

ISBN978-4-09-406555-8

香坂又十郎は、石見国、浜岡藩城下に妻の万寿栄と暮らしている。奉行所の町廻り同心頭であり、斬首刑の執行も行っていた。浜岡藩は、海に恵まれた土地である。漁師の勘吉と釣りに出かけた又十郎は、外海の岩場で脇腹に刺し傷のある水主の死体を見つける。浜で検分を行っていると、組目付頭の滝井伝七郎が突然現れ、死体を持ち去ってしまった。義弟の兵藤数馬によると、死んだ水主の正体は公儀の密偵だという。後日、城内に呼ばれた又十郎は、謀反を企んで出奔した藩士を討ち取るよう命じられる。その藩士の名は兵藤数馬であった。大河時代小説シリーズ第一弾！

小学館文庫
好評既刊

脱藩さむらい
蜜柑の櫛

金子成人

ISBN978-4-09-406606-7

石見国浜岡藩奉行所の同心頭・香坂又十郎と妻・万寿栄の平穏な暮らしは、ある日を境に一変した。万寿栄の弟で勘定役の兵藤数馬が藩政の実権を握る一派の不正を暴くべく脱藩したのだ。藩命抗しえず、義弟を討った又十郎だが、それで、お役御免とはいかなかった。江戸屋敷の目付・嶋尾久作は又十郎を脱藩者と見なし、浜岡藩が表に出せない汚れ仕事を押し付けてくる。このままでは義弟が浮かばれない。数馬が最期に呟いた、下屋敷お蔵方の筧道三郎とは何者なのか。又十郎の孤独な闘いが続く。付添い屋・六平太シリーズの著者の新境地！大河時代小説シリーズ第二弾。

小学館文庫
好評既刊

付添い屋・六平太
虎の巻　あやかし娘

金子成人

ISBN978-4-09-406058-4

十一代将軍・家斉の治世も四十年続き、世の中の綱紀は乱れていた。浪人・秋月六平太は、裕福な商家の子女の花見や芝居見物に同行し、案内と警護を担う付添い屋で身を立てている。外出にかこつけて男との密会を繰り返すような、わがままな放題の娘たちのお守りに明け暮れる日々だ。血のつながらない妹・佐和をやっとのことで嫁に出したものの、ここのところ様子がおかしい。さらに、元許嫁の夫にあらぬ疑いをかけられて迷惑だ。降りかかる火の粉は、立身流兵法達人の腕と世渡りで振り払わねば仕方ない。日本一の人情時代劇、第二弾にして早くもクライマックス！

本書のプロフィール

本書は、小学館のために書き下ろされた作品です。

小学館文庫

脱藩《だっぱん》さむらい　抜《ぬ》け文《ぶみ》

著者　金子成人《かねこなりと》

二〇一九年十一月十一日　初版第一刷発行

発行人　飯田昌宏
発行所　株式会社 小学館
〒一〇一-八〇〇一
東京都千代田区一ツ橋二-三-一
電話　編集〇三-三二三〇-五九五九
　　　販売〇三-五二八一-三五五五
印刷所——中央精版印刷株式会社

ISBN978-4-09-406709-5